es Turkest
Brunnen gegraben
- kein Wasser
Untergang der
Karawane
Kujundelik
Wassertümpel der
Rettung
4./5. Mai 1896
Wüste
a-Makan
Khotan-Darja
Khotan
Weg der Karawane
Fluss
Landesgrenze
Ruinenstadt
Dichter Pappelwald

Karl Rolf Seufert

Die Straße der wilden Abenteuer

Karl Rolf Seufert,
geboren 1923 in Frankfurt, war Lehrer und einer der angesehensten deutschen Autoren im Bereich des Abenteuerbuchs.
Sein besonderes Interesse galt der Geschichte und Erforschung des Vorderen Orients und des Fernen Ostens.
Für seine spannenden und genau recherchierten Jugendbücher erhielt er zahlreiche Auszeichnungen: Er bekam den Friedrich-Gerstäcker-Preis, den Kurt-Lütgen-Sachbuchpreis und kam mehrfach auf die Bestenliste zum Deutschen Jugendbuchpreis.
Karl Rolf Seufert starb 1992.

Karl Rolf Seufert

Die Straße der wilden Abenteuer

Sven Hedins gefährliche Wüstenkarawane

Arena

In neuer Rechtschreibung

1. Auflage 2003

Erstmals erschienen 1978 im Arena Verlag, Würzburg
Einbandgestaltung von Manfred Rohrbeck
Gesamtherstellung: Westermann Druck Zwickau GmbH
ISBN 3-401-05284-5

Inhalt

Aufbruch ins Ungewisse

Ohne den Lärm wäre alles sehr viel erträglicher gewesen. Sven Hedin hob den Kopf und lauschte auf die Stimmen der Männer, die die Kamele im Hof beluden.

Es war noch immer Nacht. Nur gegen Norden zu dämmerte das erste Licht über den Dächern. Im Innern der Karawanserei merkte man jedoch noch nichts davon. Der beginnende Tag konnte die papierenen Fensterscheiben nicht durchdringen. Trotzdem musste die halbe Stadt schon auf den Beinen sein, um den Abmarsch der Karawane nicht zu versäumen.

Irgendwo in der Nachbarschaft wurde eine Hochzeit gefeiert. Aus dem ununterbrochenen Lärm konnte er immer wieder einzelne Instrumente heraushören: die Gongs, die Zimbeln, das Klirren der schweren Messingbecken.

Hedin verschnürte die Satteltasche und trug sie in den Hof.

»Wie lange noch, Islam Bai?«

Der Karawanenführer kam breitbeinig in seinen schweren Stiefeln heran. Er trug bereits den knielangen, mit Baumwolle gefütterten Fellmantel und die hohe schmutzig graue Schaffellmütze. »Bald, Ehrwürdiger, so Allah will.« Die Sprache ging ihm nicht leicht von der Zunge. Er sprach ein mit arabischen Brocken verstümmeltes Turkmenisch. »Mit dem ersten Licht brechen wir auf. Wir haben viel Gepäck.«

Hedin nickte. Wem sagte er das! Die Reise durch die Takla-Makan-Wüste würde nicht einfach werden, weder für die Menschen noch für die Tiere. Das wusste er selbst. Einen vollen Monat mussten die Vorräte reichen, hinzu kam das Wasser. Niemand hatte ihm sagen können, wann sie ihre Wasservorräte wieder ergänzen konnten, weil niemand wusste, ob es überhaupt so etwas wie eine Oase mit einer Wasserstelle gab. Nun gut, das alles hatte er nicht erst heute erfahren. Darüber hatte man immer und immer wieder gesprochen.

Es gab auch keine Karte. »Straße der wilden Abenteuer« nannten die Turkmenen den Pfad durch die Takla-Makan. Es gab jedoch unter den Lebenden keinen, der ihn jemals benutzt hätte. Wahrscheinlich würde das Wasser trotz der vier eisernen Behälter und der Ziegenhautschläuche knapp werden. Außerdem war es seine erste Wüstendurchquerung und er hatte nur sehr vage Vorstellungen von dem, was auf sie wartete.

Allmählich kam so etwas wie Ordnung in das Durcheinander. Die Treiber zerrten die letzten Kamele am Halfter über den Morast des Hofes heran, zwangen sie mit einem kurzen Griff in die Nüstern zum Niederknien und befestigten die Lasten an den Packsätteln.

Die Sonne war noch immer nicht aufgegangen, nur der fahle Streifen hatte sich verbreitert. Wie spät war es eigentlich? Hedin tastete nach seiner Uhr, aber dann gab er es auf. Es konnte nicht später als drei Uhr sein, schätzte er, und im Übrigen war es auch gleichgültig.

»Der Erhabene macht sich Sorgen? Ich sehe es seinem Gesicht an –«

»Dann musst du die Augen einer Katze haben.« Hedin war bestrebt nichts von seiner Überraschung zu zeigen.

»Das wird eine böse Reise werden, Ehrwürdiger«, murmelte der Wirt bedauernd; aber seine schmalen Augen unter den schweren Brauen funkelten vor Schadenfreude.

Hedin zuckte die Schulter. »Wir haben Vorräte für mehrere Monate. Wir kommen leicht damit bis Aksu – und auch weiter.«

»Aber das Wasser, Erhabener . . .« Der Chinese lächelte noch immer.

Hedin fühlte sich unbehaglich. »Wir können natürlich nicht Wasser für die gesamte Takla-Makan mitnehmen. Aber wir werden mit den Vorräten auskommen.«

Der Chinese beugte sich ein wenig vor. »Die Leute in der Stadt denken anders . . .« Er schwieg und hob die Brauen.

»Was sagen sie, die Leute?«

Der Wirt zögerte und blickte auf die turkmenischen Treiber. »Sie sagen, noch keine Karawane, die von Merket aus in die große Wüste zog, kehrte jemals zurück. Keiner Karawane gelang es, sie zu bezwingen . . .«, flüsterte er mit vorgerecktem Kopf. »Ai yah, die Wüste ist ein böses Land . . . Unheil lauert überall – Tod und Verderben für den Ungläubigen, der die Gesetze des Erleuchteten nicht achtet.«

»Und du?«, fragte Hedin. »Was sagst du? Du bist kein Anhänger des Propheten, noch verehrst du Buddha aus den Schneebergen des Himalaja. Was sagst du zu dieser Reise?«

Der Wirt zögerte. »Ai yah, die alten Götter sind weit weg, Erhabener«, murmelte er. »Die Zeiten, da wir zu wissen meinten, was sie wirklich wollen, sind lange vorüber. Manchmal denke ich, die Macht der alten Götter ist erloschen . . . Sie beherrschen nur den, der an sie glaubt . . . Niemand kennt den Weg durch die große Sandwüste. In den vielen Jahren, seit meine Familie in Merket wohnt, versuchten es nur drei Karawanen . . .«

»Und?«, fragte Hedin. »Und was geschah?«

Der Wirt schwieg und blickte über den schmutzigen Hof, wo die braunen Kamele mit ihren Lasten standen. »Nichts, Erhabener«, murmelte er nach einer Weile. »Sie kamen niemals in Aksu an. Man hörte niemals mehr etwas von ihnen . . .«

Hedin nickte, dann zog er eine Münze aus der Tasche. »Koche den Männern noch einmal Tee – guten Tee und heiß! Nicht den mongolischen Presstee aus getrocknetem Kameldung, hörst du! Tee, wie du ihn trinkst.«

In dem Wohnhaus des Wirts, hinter einem durchbrochenen Holzbalkon, der wie ein schwarzer Käfig in den Hof der Karawanserei ragte, tauchte undeutlich eine Frau auf, die zu ihm herabschaute. Das musste die Gattin des Wirts sein. Was bedeutete das? Hedin hatte sie in all den Wochen, die er jetzt in Merket wohnte, nie zu Gesicht bekommen.

»Die Kamele sind beladen, Ehrwürdiger«, meldete Islam Bai. »Im Namen Allahs, die Karawane ist bereit.«

»Der Wirt kocht noch einmal Tee. Dann brechen wir auf. Sage das den Männern. Sage ihnen, jeder soll noch einmal sein Eigentum überprüfen. Wenn wir erst die Stadt verlassen haben, gibt es keine Umkehr mehr.«

Als Hedin das Haus betrat, brachte ihm der Chinese den Tee in einer winzigen, henkellosen Tasse aus feinstem Porzellan, das aber angeschlagen und ungewaschen war. Hedin hob das Tässchen mit hohlen Händen an den Mund und schlürfte geräuschvoll, wie es die Sitte verlangte.

»Der Tee ist vorzüglich. Aber die Tasse ist schmutzig.«

»Ich tue mein Bestes, Herr«, jammerte der Wirt in gespielter Verzweiflung. »Auf meine nichtsnutzigen Hunde von Dienern ist kein Verlass. – Aber ich sehe, der erhabene Gelehrte aus dem Westen ist ein Kenner der alten Kunst des Reiches der Mitte.« Hinter den glänzenden Augen des Wirts sah Hedin Respekt.

»Ich liebe sie und bewundere sie«, sagte er. »Woher hast du die Tasse? Sie kann unmöglich aus Merket stammen. So etwas hat es nie hier gegeben.«

Der Chinese verbeugte sich. »Ai, die Tasse stammt noch aus dem Reich des erhabenen Drachensohnes. Meine Familie vererbte sie von Generation auf Generation. Sie ist die letzte von einmal insgesamt zwölf.«

Hedin beugte sich über die Malerei: Zarte Bambusblätter, die sich im Anhauch des Windes über einen See neigten, dicht dabei ein Entenpaar. Alles in zartestem Blau-Weiß, hingetupft auf das Porzellan. Wie es die alten Meister anstellten, auch das Unsichtbare mitzumalen, sogar den Wind und die Melancholie eines Sommertages, würde wohl für immer ihr Geheimnis bleiben.

»Das Porzellan ist sehr alt«, murmelte Hedin. »Es stammt von einem Meister der Ming-Zeit und hätte es verdient, dass man es gelegentlich einmal spült.«

Er nahm die Tasse mit auf sein Zimmer, während der Chinese in den Hof schlurfte, und trat an das Fenster, um einen letzten Blick über Merket zu werfen. Nichts unterschied die kleine Stadt von dutzenden anderen in Zentralasien, die er schon kannte. Schwere, schmutzig graue Lehmziegelwälle, dahinter das verwirrende Schachtelwerk der Mauern, die die winzigen Höfe umschlossen. Da war die Moschee mit dem bemalten Minarett und ganz in der Nähe der Basar mit den verwinkelten, mattenüberdachten Gassen. Im fahlen Frühlicht wirkte er grau, ärmlich und hässlich, als sei die ganze Stadt schon vor Jahrhunderten untergegangen.

Weit hinter der Stadt hoben sich die schweren Schatten von Bergen gegen den grauen Himmel ab, ein wildes Gewoge von Hängen und steilen Abstürzen. Das war das Tienschan-Gebirge mit seinen Hochtälern, Geröllhalden und eisigen Gletschern.

Nun, wenn schon! In Zentralasien sahen alle Berge einander irgendwie ähnlich. Der Mond war verschwunden und würde vor dem Einbruch der nächsten Nacht nicht wiederkehren.

Je länger er das Land auf sich wirken ließ, umso tiefer empfand er seine Weite und Leere. Ein ungeheurer Raum, nackt und schmerzhaft stumm. Das Öllicht neben ihm flackerte in der Zugluft und warf den Schatten einer Frau gegen die braune Lehmwand. Lautlos kam sie heran und bedeutete ihm sich nicht zu bewegen. Sie war in ein weites, rot gemustertes Gewand gehüllt. Ein dichter schwarzer Schleier zog sich unter den Augen quer über das Gesicht und rutschte ständig. Sie war stark geschminkt, wahrscheinlich eigens für diese Begegnung. Ihr Gesicht wirkte wie eine Maske, eine vollmondrunde, bleiche Maske. Nur die Augen waren lebendig – dunkel, besorgt und neugierig sahen sie unter den klebrigen Wimpern zu ihm auf.

»Verzeihen Sie, Erhabener, wenn ich Sie in Ihren Betrachtungen störe . . .«

»Sie stören nicht, ehrwürdige Herrin. Bitte nehmen Sie Platz.« Hedin deutete auf den K'ang, das gemauerte Bett. Der Raum besaß keinen Stuhl, wahrscheinlich das ganze Haus nicht. China war fern und in Turkestan bevorzugte man Teppiche zum Sitzen und Schlafen.

»Ich bitte um Vergebung, Ehrwürdiger«, flüsterte die Frau, »aber ich bin nicht würdig . . .«

»Sie sind zu bescheiden, Verehrungswürdige.«

Hedin gab nicht nach und schließlich ließ sie sich auf dem mit einer Strohmatte belegten K'ang nieder.

Er konnte sie jetzt besser sehen. Ihr schwarzes Haar, in das sich bereits graue Fäden mischten, glänzte von billigem Öl und war zu einem unordentlichen Knoten im Nacken zusammengefasst.

Die Frau blickte sich um, als fürchte sie überrascht zu werden. »Der Ehrwürdige ist in Gefahr«, flüsterte sie plötzlich.

»Was ist das für eine Gefahr?«

Sie schob den Schleier unter die Augen. »Im Basar sagen sie ... einer der Diener, er weiß nichts ... Er ist ein Betrüger, sagen die Karawanenleute.« Sie schwieg gehetzt und ihre Finger mit den langen Nägeln zupften nervös an dem Schleier. »Er lügt, sagen sie im Basar ... Er kann die Karawane des fremden Gelehrten gar nicht führen. Er kann es nicht – weil er den Weg nicht kennt«, schloss sie jäh.

Hedin nickte. Das war keine große Neuigkeit. Sie meinten Jolltschi, den Wegweiser, wie ihn die Leute nannten. Hedin hatte nie ernstlich angenommen, dass er den Karawanenpfad durch die Takla-Makan-Wüste wirklich kennen würde.

»Ich danke Ihnen, stolze Mutter wohl geratener Söhne.« Hedin verbeugte sich. »Es besteht kein Grund zur Besorgnis. Er ist nicht unser Karawanenführer. Er ist nicht mehr als ein Treiber.«

»Ai yah, ich muss wieder gehen, Ehrwürdiger. Mein Gebieter befindet sich im Hof und ich wollte diese Gelegenheit benutzen, da er mich nicht sehen kann ...«

Sie erhob sich und machte einen zierlichen Schritt. Die nackten Zehen waren breit und ausgetreten wie die Füße eines Menschen, der selten Schuhe trägt.

»Ich bitte um Vergebung, aber Sie werden nicht ...« Sie kam ihm mit dem Gesicht so nahe, dass er die großen Poren unter dem dünnen weißen Puder sehen konnte.

»Ganz sicher nicht, erhabene Herrin«, versprach Hedin. »Niemand wird ein Wort erfahren. Und ich danke Ihnen!«

Ein schwaches Lächeln huschte über den Mund der Frau. Der Schleier war ihr bis zum Halse herabgerutscht und sie schob ihn hastig wieder empor. Ohne das knallige Rot hätte das Lächeln sogar anziehend gewirkt. Wie viele Orientalinnen war sie vor ihrer Ehe einmal hübsch gewesen, aber zu viele und zu frühe Schwangerschaften hatten sie rasch altern lassen – eine Schönheit, kürzer als der tropische Sonnenuntergang.

Hedin wollte sie zum Ausgang begleiten, aber sie war schon gegangen und hatte die Tür geschlossen.

Was die Frau gewagt hatte, konnte ihr nicht leicht gefallen sein. Er war lange genug in Zentralasien, um zu wissen, dass ihr Verhalten einen Bruch mit aller Tradition bedeutete.

Er blickte durch das Fenster in den Hof der Karawanserei. Der Lichtschein der Feuer tanzte über die Kamele, die noch den schweren Winterpelz trugen. Die Treiber standen frierend beieinander, wärmten die Hände an den Bechern und schlürften den Tee.

Eine Minute später schritt er in den Hof, wo neben dem Brunnen sein Reitkamel lag. Alle starrten ihn plötzlich an. Er hatte keine rechte Vorstellung von dem, was man in einem solchen Falle von ihm erwartete. Aber dann hob er die Hand.

»Im Namen Allahs, des Weltenherrn, Brüder! Seine Gnade über uns! Lasst uns aufbrechen!«, rief er.

Die Gesichter der Männer strahlten auf. »Im Namen Allahs, des Allerbarmers«, murmelten sie. »Gesegnet sei diese Reise.«

Muhammed Schah trat dem knienden Kamel auf die eingeknickten Vorderbeine, presste ihm mit einem blitzschnellen Griff die Nüstern zusammen und Hedin schwang sich in den teppichbelegten Holzsattel. Sobald er den Sattelknauf berührte, erhob sich das Tier mit umständlicher Feierlichkeit.

Niemand lachte, niemand winkte, als es durch das geöffnete Tor in die menschenüberfüllte Gasse ritt. Er sah die dunklen, ausdruckslosen Gesichter. Bärtige Usbeken standen neben Tadschiken und Persern in hohen Lammfellmützen, dazwischen drängten sich Tibeter und Chinesen. Die meisten kauten Melonenkerne und spuckten die Schalen dem Tier gegen die wolligen Beine. Sie hatten ihn gewarnt. In ihren Augen war er ein ungläubiger Dummkopf, der in einen sicheren Tod ritt und keinen Anspruch auf Mitleid hatte.

Die meisten Häuser waren aus Holz. Säulen stützten die vorgebauten Obergeschosse. Zwischen ihnen, im grauen Staub der Straße, waren die Händler dabei, ihre Verkaufsstände zu öffnen. Noch fehlten die Kunden und die Waren schimmerten in tiefen, satten Farben.

Sie bogen nach Südosten ein. Bemalte Karren rumpelten kreischend auf schweren Holzrädern an ihnen vorüber – Bauern, die ihre Erzeugnisse im Basar verkaufen wollten. Viele waren von ihren Familien begleitet. Die Männer sahen aus, als hätten sie sich niemals richtig satt essen können.

Eine Viertelstunde später erreichten sie die Stadtmauern mit dem riesigen Tor. Uralt, noch halb im Schatten, beinahe schwarz ragte der Wall vor ihm auf: ein Gemisch aus Ziegeln und Erde, das im Laufe der Jahrhunderte längst zu Stein geworden schien.

Der Torwächter mit seinem Krummschwert sah aus

wie der Henker in einer altchinesischen Oper. Er grüßte mit einer tiefen Verbeugung.

»Glück auf allen Wegen und Gesundheit, Erhabener!«, schallte seine heisere Stimme. »Zehntausend Jahre und immer währenden Reichtum für dich, Herr!«

Hedin warf ihm eine Silbermünze zu, die der Mann mit der Sicherheit langjähriger Erfahrung auffing. Dann drängte er sein Tier durch den hufeisenförmigen Durchgang, hinaus in die offene Steppe.

Gerade ging die Sonne auf. Der ganze Himmel zuckte und flammte in den roten und goldenen Lichtern. Schweigend und bewegt blickte er nach Südosten: Turkestan lag vor ihm, das weite Land, die unberührte Wildnis, das ewig rätselvolle Herz Asiens. Kein Europäer hatte diesen Teil der Erde erforscht.

Da lag sie vor ihm, die große Steppe, das weite Grasland der wilden Kamele, und dahinter die Takla-Makan, die gefährlichste Sandwüste, der Schrecken aller Karawanen, mit ihrer geheimnisvollen Ruinenstadt. Was immer auch an Gefahren, Strapazen und Schrecken auf ihn wartete, er würde sie bezwingen, diese Wüste, nahm er sich vor.

»Vorwärts, Männer!«, rief er. »Vorwärts, Brüder! El Hamdulillah! Gott ist mit uns!«

»El Hamdulillah! – Preis sei Gott!«, schallte es durcheinander.

Es war der Morgen des 1. April 1896.

Karawanenalltag

Vor morgen Abend würden sie die nächste Wasserstelle nicht erreichen. Hedin ließ die Hand, die nach dem Wasserschlauch hatte greifen wollen, wieder sinken. Jedes Mal, wenn der Durst quälend zu werden begann, zuckte ihm die Warnung der Turkmenen durch den Kopf und er widerstand der Versuchung.

Missmutig blickte er auf das staubgraue Ziegenfell, das im Rhythmus der Kamelschritte neben ihm gegen den Sattel schlug. Es enthielt seinen gesamten Wasservorrat, drei Liter einer lauwarmen Brühe.

Seit einer Woche waren sie jetzt unterwegs. Eine Woche im Sattel, das waren zwischen acht und zehn Stunden täglich. Keine großartige Sache, aber auch nicht ganz einfach, wenn man nicht gerade als Turkmene aufgewachsen war. Immerhin hatte er gelernt sich ohne Verkrampfungen den Schaukelschritten seines Kamels anzupassen, das Islam Bai in Karkent für ihn, zusammen mit den übrigen, erworben hatte. Eigentlich war es auch nicht schwer, sich in dem hölzernen Kamelsattel zu halten, ohne herunterzufallen. Das hatte er bald erkannt. Aber mit Verständnis das Beste aus dem Kamel herauszuholen, ohne dabei Reiter und Tier zu überfordern, das war schon sehr viel schwieriger.

Es war noch früh. Sie nutzten die Kühle und ließen die Kamele in einer Art Eilschritt über das kurze Gras der Steppe gehen. Hedin war sehr zufrieden mit den Tieren, acht Hengsten, die alle bereits Wüstenerfahrung besaßen. Aktuja, der achtjährige Weiße, führte die Karawane an. Eine gewaltige Kupferglocke mit einem schweren Eisenklöppel läutete unentwegt. Er selbst folgte auf dem lammfrommen Boghra, der allen Zänkereien auswich. Babai war das älteste Tier, schon fünfzehn Jahre alt. Islam Bai hatte jedoch geschworen, dass es allen Strapazen gewachsen sein würde, und er hatte sich gefügt. Nähr, der streitsüchtige Einzelgänger, tappte am Ende der kleinen Karawane. Er duldete keinen Gefährten und zeigte seine gelben, hässlichen Zähne, sobald einer der Männer nur in seine Nähe kam. Islam Bai verstand es als Einziger, mit ihm umzugehen.

Vor ihm schritt nur noch der verwachsene Achmed Omar. Er hatte es abgelehnt, ein Reittier zu gebrauchen, und wollte den gesamten Weg zu Fuß machen. Er stammte aus Aksu, einer Stadt am Fuße des Tien-Schan, wo er viele Jahre Karawanen zwischen Kaschgar und seiner Heimatstadt begleitet hatte; ein hagerer, verschlossener Mann an der Grenze des Greisenalters, der nur dann beredt wurde, wenn es um Gold, Reichtümer und versunkene Schätze der Wüste ging.

Die Leute nannten ihn Jolltschi, was so viel wie »Führer« oder »Wegweiser« bedeutete. Er war kein festes Mitglied der Karawane. Hedin hatte ihn lediglich als Führer für hundert Tage gemietet, da er im Umkreis einer Wochenreise der Einzige war, der die Takla-Makan kannte. Zwar hatte man ihn in Merket mehrfach von Jolltschi gewarnt, da der Bucklige bereits wegen Räuberei verurteilt und bestraft worden sei. Er war daraufhin der Sache nachgegangen. Doch es hatte sich nur um einige eher harmlose Diebereien gehandelt, Kleinigkeiten, wie sie unter Nomaden eigentlich immer wieder vorkamen.

Was für Hedin jedoch erheblich schwerer wog, war das heftige, jähzornige Temperament des Mannes, sein ewig gekränkter Stolz, der ständig versteckte Beleidigung witterte. Ein unvermutetes Lachen, ein Wortwechsel und er griff zum Dolch.

Ganz anders dagegen Islam Bai, ein ernster, nachdenklicher Mann, dazu befähigt und geschickt, der geborene Organisator, ein Mann, auf den er sich in jeder Lage verlassen konnte.

Der Älteste der Karawane war Muhammed Schah, ein mittelgroßer, graubärtiger Turkmene, der kräftiger wirkte, als er tatsächlich war. Nach einem Menschenalter in der Steppe, nach tausenden von Meilen, die er in mehr als fünfzig Jahren zu Fuß und im Sattel zurückgelegt hatte, sollte dies seine letzte Reise sein, wie er allen erzählte. Er kannte die Kamele besser als alle Treiber, mit denen Hedin jemals zusammengekommen war. Die Männer fürchteten ihn, denn er war streng und unparteiisch. Sein Gesicht mit den weißen Bartstoppeln wirkte düster. Die linke Augenbraue war gespalten und hing als Folge eines Messerstichs lappenartig herab, was ihm den Ausdruck ablehnender, unversöhnlicher Härte gab.

Hedin mochte ihn gern, wenn es auch schwer war, ihn in ein Gespräch zu ziehen. Er war umsichtig, höflich, zurückhaltend und hatte oft ein freundliches Lächeln; aber seine Augen waren sein Schicksal: Sie blieben Furcht erregend, was immer er auch tat.

Der Jüngste der Mannschaft war Kasim Achun aus Jarkent. Seine Kleider aus grob gewebter Wolle waren in Jahrzehnten nicht gewaschen worden und Hedin war überzeugt ihn allein schon am Geruch unter hunderten von Turkmenen herausfinden zu können.

Hedin wusste, dass er wahrscheinlich der Beste von allen war. Kasim liebte das Gespräch mit ihm – oder richtiger, er stellte Fragen, die Hedin dann zu beantworten hatte. Keineswegs konnte Hedin jedoch schon behaupten den Treiber wirklich zu kennen. Meist hörte der Turkmene die Antworten nur schweigend an, nickte auch einmal dazu, wenn ihm etwas einleuchtete, und spuckte gedankenvoll zur Seite. Kasim betreute auch die beiden Hunde, die drei Schafe der Karawane, zusammen mit den zehn Hühnern und dem Hahn, der in seinem Korb auf dem Rücken des letzten Kamels Anzeichen von Seekrankheit zeigte.

Islam Bai suchte nach einem geeigneten Rastplatz. Im Grunde machte es keinen Unterschied, ob sie nun hier oder fünfhundert Meter weiter anhielten. Die Steppe war überall gleich: ein sanftes Hügelland mit weit geschwungenen Mulden.

Tatsächlich deutete der Turkmene auch wenig später auf einen grasigen Hang, der sich durch nichts von all den anderen unterschied – oder nur durch einen etwas üppigeren Pflanzenwuchs. Aber gerade diese feinen Unterschiede machten die Qualität eines Karawanenführers aus.

Hedin kletterte mit steifen Beinen aus dem Sattel. Sein Körper hatte sich von den ungewohnten Strapazen der ersten Tage überraschend gut erholt, war sogar kräftiger jetzt, nachdem er die Erschöpfung überwunden hatte. Alles, was er für die nächsten Stunden brauchte, waren einige Schlucke Tee und etwas Bewegung. Muhammed Schah hatte bereits begonnen ein Feuer aus getrocknetem Kamelmist zu richten und er beschloss die Wartezeit zu einem kleinen Fußmarsch zu nutzen.

Bereits nach zwanzig Schritten war Kasim neben ihm. »Gestattest du, Herr, dass ich dich begleite?«

Hedin nickte. Da die Männer seine Gewohnheiten kannten, wunderte sich niemand, als er den Rastplatz verließ.

Raues Wüstengras, letztes Überbleibsel des vergangenen Winters, wechselte mit ersten grünen Halmen. Immer neue Hügel erhoben sich um ihn her. Alles war von blendendem Sonnenlicht und zaghafter Wärme erfüllt. Um ihn herum schimmerten die grasigen Hänge, von rissigen Lehminseln unterbrochen, und ein grenzenloses, bedrückendes Schweigen lag über allem.

Da er sich in den Mulden hielt, hatte er nach wenigen Minuten die Karawane aus den Augen verloren. Zum ersten Mal, seit sie Merket verlassen hatten, fühlte er sich wirklich allein in der Steppe, allein mit dem fremden, geheimnisvollen Land, das er bezwingen wollte. Nichts hatte sich hier seit dem Anbeginn aller Zeit verändert. Es gab keine Straßen, keinen noch so spärlich gekennzeichneten Weg, wohin er auch blickte. Oder etwa doch?

Ohne sich seines Tuns voll bewusst zu werden, hatte er begonnen den Boden sorgfältiger zu mustern, als könne er da irgendwelche Huf- oder Wagenspuren entdecken. Das war natürlich Unsinn. Und doch: Da war etwas – etwas Blinkendes! Er bückte sich, aber Kasim war noch schneller.

»Ein Stein, Ehrwürdiger«, sagte er enttäuscht.

Hedin prüfte den handgroßen Feuerstein, dessen Schmalseite überraschend scharf war. »Es ist tatsächlich nur ein Stein – und doch erzählt er dem, der Augen hat, eine Geschichte.«

»Es gibt viele Steine, Erhabener. Aber sie sprechen nicht. Allah verlieh ihnen nicht die Gabe des Sprechens . . . Kein Gläubiger hörte je von einer Geschichte, die ihm ein Stein erzählt hätte.«

»Wenn du dich hier umblickst, Kasim, was siehst du?«

»Nichts, was du nicht auch siehst, Herr – Gras und Hügel und Himmel, die Allah in seiner Allmacht erschuf.«

»Und wenn du dich hier weiter umblickst, wirst du leicht feststellen, dass es keine Felsen im Umkreis mehrerer Tagesreisen gibt. – Was schließt du daraus?«

Der Turkmene zuckte die Achseln. »Menschen brachten ihn hierher und warfen ihn weg.«

»Vielleicht warfen sie ihn weg. Vielleicht vergaßen sie ihn auch«, erklärte Hedin. »Nun sieh ihn dir doch einmal an! Diese Kante hier! Was stellst du fest?«

Kasim spuckte beiseite, dann holte er tief Atem. »Sie ist scharf! Sie ist sogar sehr scharf. Wenn auch nicht gerade so wie mein Messer.«

»Und gibt es dafür eine Erklärung, was meinst du?«

Hedin lächelte und ließ den Stein in die zögernd ausgestreckte schwielige Hand des Turkmenen fallen. »Sieh ihn dir genau an! Ganz sicher war er nicht von Anbeginn an so. Was meinst du?«

Der Treiber runzelte die Stirn. »Bei Allah, Herr! Er ist behauen!«, stieß er hervor. Seine hornigen Finger tasteten über die Schneide. »Er ist behauen!«

»Und wozu hat man ihn behauen? Gibt es dafür einen Grund?«

»Der Besitzer gebrauchte ihn als Messer, Ehrwürdiger. Er schnitt damit . . .«

»Und wann war das wohl?«, fragte Hedin. »Wann etwa?«

Der Turkmene starrte Hedin an.

»Kennst du jemanden, der einen Stein zum Schneiden verwendet?«

»Da hast du es, Herr!«, stieß Kasim verächtlich aus. »Niemand, den ich kenne, verwendet einen Stein, um damit zu schneiden . . . Das muss sehr, sehr lange her sein. Wunderbar! Wunderbar! Sage mir, Erhabener, hast du dies durch Bücher erlernt, durch Zauberei oder durch eure Propheten? Sprich, Herr! Sage mir das Geheimnis der Weisheit!«

»Es ist tatsächlich sehr, sehr lange her«, bestätigte Hedin ruhig, »länger, als du es dir überhaupt vorstellen kannst. Es war noch vor der Zeit, als Harun al Raschid mit seinem klugen Wesir unerkannt durch die Straßen Bagdads ging . . . ja lange ehe der Prophet auf Erden weilte, der Liebling Allahs . . . und sogar noch vor der Zeit, als der Stammvater Abraham seine Herden weidete und Gott die große Flut schickte . . .«

»Wunderbar, wunderbar!«

»Wir nennen jene Epoche ›Steinzeit‹, weil die Menschen damals noch keine Metalle schmelzen konnten – weder Silber noch Eisen, noch Kupfer oder Gold.«

Kasim schüttelte den Kopf. »Wunderbar! Es gibt nur einen Gott und Mohammed ist sein Prophet. Im Namen des Allerhöchsten, Erhabener! Jahrzehnte habe ich in diesem Land gelebt. Mein Vater und meines Vaters Vater schlugen in der großen Steppe ihre Zelte auf und doch hörten sie nie etwas von einem sprechenden Stein. Dann reitet ein Franke aus einem viele Tagesreisen entfernten Lande hier vorüber und geht gerade auf diesen Platz zu und findet den Wunderstein, der also ein Werkzeug jener Barbarenvölker war, die vor der großen Sündflut im Grasland lebten.« Er verstummte jäh und warf Hedin einen abschätzigen Blick zu. »Und du bist ganz sicher, Herr, bei dem, was du da sagst?«

»Ganz sicher, Kasim«, bestätigte Hedin. »Er ist das älteste Werkzeug, das du jemals in der Hand hieltest. Aber er verrät sogar noch mehr . . . Siehst du dort! Dort liegt ein zweiter, ganz ähnlicher Stein ... Und wenn wir weitersuchten, würden wir sicher noch andere finden. Wahrscheinlich auch Zeugnisse aus späterer Zeit. Die Tatsache, dass wir hier auf diesem engen Raum so viele Werkzeuge finden, beweist, dass die Steppe einst bewohnt gewesen sein muss, dass es hier Tiere gab und auch genügend Wasser, dass sie also sehr viel fruchtbarer gewesen sein muss.«

»Wunderbar, Erhabener! Seit zwölfhundert Jahren leben die wahren Gläubigen in dieser Steppe, errichten ihre Zelte und weiden ihre Herden hier und keiner von ihnen hat je von solchen Steinen gesprochen, obwohl doch nur sie – gelobt sei Gott! – die wahre Weisheit besitzen.« Kasims Stimme veränderte sich, sank zu einem Flüsterton herab. »Man sagt, die Steppe soll von bösen Geistern wimmeln. Könnte es nicht sein, dass sie dich in die Irre führen, Herr?«

»Da kann ich dich beruhigen. Für dieses Mal zumindest bin ich sicher. Aber kehren wir um.«

Am frühen Nachmittag setzten sie den Ritt fort und zwei Stunden später beschleunigten die Kamele wie auf ein geheimes Kommando hin ihre Schritte.

»Wasser! Sie riechen das Wasser!«, schallte Islam Basis Stimme in die Stille. »Oh Gnade! Oh Wunder! Wir haben den Jarkent-Darja erreicht.«

Mit jeder Viertelstunde nahm der schmale Schattenstreifen am Horizont zu. Der Boden begann abzufallen und schließlich hielten sie vor einem lang gestreckten Schilfrohrwald, der ein weites Sumpfgebiet bedeckte, das wahrscheinlich einmal ein Flusslauf gewesen war. Die Turkmenen sprangen aus dem Sattel und suchten nach einem offenen Wasser. Doch es gab nur armselige, schmutzig braune Lachen, die von Insekten und Larven wimmelten. Die Kamele schnupperten misstrauisch an den seichten, suppigen Pfützen, ehe sie schließlich ihren Widerwillen aufgaben. Aber Muhammed Schah erklärte, das Wasser sei durchaus genießbar, nachdem es einmal abgekocht sei. Nach Hedins Geschmack hätte es allerdings einige dutzend Mal abgekocht werden müssen, um trinkbar zu werden.

Am nächsten Morgen brauchten sie fast eine Stunde, um wenigstens einige der leeren Häute zu füllen.

Sie hielten nun am Rande des Sumpfes. Das lose Buschwerk schloss sich zuweilen zu Dickichten zusammen, dessen Grün sich gegen die feuchte Erde abhob. Am Mittag erschienen immer häufiger silbrige Lachen, die sich schließlich zu kleinen Seen weiteten, auf denen Enten schwammen. Eine paradiesische Landschaft mit Farnen und Gräsern. Gelegentlich tauchte ein Vogel im Sturzflug aus dem Himmel herab und streifte beim Fischen mit seinen Schwingen das Wasser. Die Tropfen sprangen zu silbrigen Kaskaden auf. Das Gefieder leuchtete in buntscheckiger Pracht, dann schnellte er mit seiner Beute davon und die Stille kehrte zurück.

Sie rasteten am Fuße eines Bergkamms, dessen Ausläufer bis zum Wasser reichten, auf halber Strecke zwischen dem Masar-tagh und dem See. Die Männer waren nicht müde genug, um festen Schlaf zu finden, und erschauerten unter ihren Decken. Wenn die Wache an sie kam, stolperten sie den Bergkamm hinauf und starrten auf die Grasfläche zu ihren Füßen. Alles war kühl und silbern im Mondschein. Der Wind zog geheimnisvoll über den Berg, das Gras raschelte und beugte sich in schimmernden Wogen vor und zurück. Mit tiefem Schweigen hing die Nacht herab.

Am nächsten Morgen erkletterte Hedin, zusammen

mit Islam Bai, den Bergkamm. Zum ersten Male, seit sie in die Steppe vorgedrungen waren, sahen sie die Grasebene in ihrer ganzen Ausdehnung vor sich. In der Richtung, aus der sie gekommen waren, liefen die grünen Hügel ineinander wie die Wellen eines erstarrten Ozeans, nahmen schließlich eine fahlere Färbung an, bis sie mit dem Horizont verschmolzen. Dort musste irgendwo Merket liegen.

Hedin wandte sich nach Osten und setzte sein Fernglas an. An diesem frühen Aprilmorgen lag noch Dunst über der Steppe und machte es unmöglich, Einzelheiten zu erkennen. Dennoch sah er, dass es ein schönes Land war. Schon nach wenigen Kilometern endete die Steppe. Das Gras verlor seine Üppigkeit, wurde blass und krautig und bildete schließlich nur noch einzelne Inseln inmitten des glitzernden Sandes. Dahinter begann die zentralasiatische Wüste, die geheimnisvolle, gefürchtete Takla-Makan mit ihren leeren weißen Hängen – stumm und heiß und unberechenbar.

Irgendwie befand er sich hier in der Mitte Asiens. Zweitausend Meilen weit im Osten lag die goldene Stadt Peking, wo die Expedition einmal enden sollte; zweitausend Meilen weit im Westen stiegen die zerrissenen Geröllhänge des Kaukasus an. Die Welt – die ganze übrige Welt, war weit, weit weg. Unendlich weit, denn es waren nicht nur die Meilen, die dazwischen lagen, sondern auch die Unwegsamkeiten der Landschaften: Wüsten und Steppen, der ewige Schnee der Bergzüge und die sumpfigen, salzüberkrusteten Hochflächen.

Weitab im Nordwesten durchrissen die Himmelsberge des Tien-Schan den Horizont, deren Gipfel jetzt, da der Morgen sich grau erhellte, als rauchblaues Gewoge sichtbar wurden. Jenseits davon, westwärts, breiteten sich die Hungersteppen von Turkestan mit ihren verlorenen Flüssen und lehmummauerten Städten aus, das verwunschene Land Tamerlans. Und nordwärts davon, jenseits der Gipfel des Altai, der sich wie eine schwere Kette quer durch die Mongolei zog, wogten endlos die kahlen Öden Sibiriens, Wälder, Tundren und Schneefelder.

Fern, unendlich weit gegen Nordosten, dehnte sich die Gobi, und ostwärts davon begannen die Provinzen Chinas, eine Welt für sich, und dennoch, über ganz Asien hin immer spürbar. Im Süden lagen die sagenhaften roten Wüsten Sinkiangs – noch rot von dem Blute, das einst Dschingis Khan vergoss, wie die Nomaden an ihren niederbrennenden Feuern flüsterten. Schließlich waren da noch im Süden die Hochebenen von Tibet weiß und weltabgeschieden. Hinter ihnen ragten die Zinnen der Welt auf – die schneefunkelnden Gipfel des Himalaja. Sie zogen sich mit ihren letzten Ausläufern hinab bis zu den heißen Ebenen Indiens und dem Golf von Bengalen.

Hedin biss sich auf die Lippen. Das Land, halb Wüste, halb Steppe, erstreckte sich in solch unendliche Weiten und verlor sich in eine so vollkommene Stille, dass er sich erst jetzt wieder seines geheimnisvollen, hinterhältigen Widerstandes wirklich bewusst wurde. Plötzlich erinnerte er sich auch eines Gerüchtes, das ihm die Turkmenen im Basar von Merket erzählt hatten. Danach war auch dieser Teil der Takla-Makan bewohnt gewesen, hatten hier Menschen gelebt, ein Volk mit einer eigenen Sprache, einer fremden Religion und Kultur. Doch es war von einem Reiterheer erobert, besiegt und vernichtet worden. Nichts sei von dieser Kultur geblieben. Waren es mongolische Reiter gewesen? Tibeter,

Afghanen, Chinesen? Niemand wusste es mehr. Die wenigen, die dem Tode entgangen waren, hatten ihre alte Heimat verlassen und sich den Nachbarvölkern angeschlossen. Seit dem Beginn der Reise hatte er nicht mehr an jene Menschen gedacht.

»Gibt es irgendetwas zu bedenken, Ehrwürdiger?«, fragte Islam Bai.

Hedin schreckte auf. »Nein. Ich fühlte mich nur an jenes Volk erinnert, das einst hier wohnte und nicht einmal seinen Namen hinterließ.«

»Ist es das, was du suchst, Herr?«

»Jaa . . . Es bewegt mich. Da lebten tausende von Menschen, bauten Dörfer und Städte, Tempel und Paläste . . . lachten und weinten . . . Es waren Menschen wie wir und nichts blieb von ihnen . . .«

»Solche Dinge interessieren dich, Herr?«

»Falls du an Gold oder an andere Kostbarkeiten dachtest«, sagte Hedin ruhig, »irrst du dich. Ich bin kein Schatzsucher wie Jolltschi. Jenes Volk interessiert mich, jene Menschen, ihre Kultur.«

Der Turkmene kratzte sich unter dem verschwitzten Turban. »Weißt du, dass alle von dir reden, dass sie sich fragen, warum du diese Reise unternimmst? Du bist klug, du bist jung, du bist reich . . . Dennoch kommst du hierher in diese Einöde, in diese Wüste –«

Hedin lächelte. »In einem zumindest irrst du, Islam Bai. Ich bin nicht reich und werde es wahrscheinlich auch niemals werden. Ich bin nicht einmal wohlhabend, gemessen an den Maßstäben meiner Heimat. Leider bin ich es nicht. Ich sage leider, denn mit Geld kann man viele nützliche und wertvolle Dinge tun. Das Geld, das diese Reise kostet, stammt nicht von mir – oder nur zum kleinsten Teil.«

Der Turkmene suchte die Augen des Forschers.

»Weißt du, dass die Leute sich fragen, warum du solche Strapazen auf dich nimmst, wo du doch kein Kaufmann bist und keinerlei Vorteile aus deinen Reisen ziehst, wie du behauptest.«

»Wohin käme die Welt, wenn alle nur immer ihren persönlichen Vorteil suchten . . .« Hedin zögerte. Es war schwierig, sich diesen Menschen verständlich zu machen, die niemals einen Gedanken über den Alltag hinausdachten. »Ich suche Kenntnisse – Wissen, Erkenntnisse . . .«

Der Karawanenführer lächelte dünn. Er war nicht überzeugt. »Alle reden über dich. Schon in Merket, Herr . . .«

»Nun, ich nehme an, niemand kann die Leute daran hindern, über mich zu reden. Aber falls du etwas finden solltest oder einer der Männer, das im Zusammenhang mit jenem untergegangenen Volke stehen könnte – rufe mich. Auch wenn es nur eine Kleinigkeit ist. Und sage den Männern, wer etwas findet, erhält ein Bakschisch. Die Höhe der Belohnung richtet sich natürlich nach dem Wert des Fundes.«

Der Turkmene nickte. »Wann setzen wir die Reise fort, Herr?«

»Ich weiß es nicht.« Hedin zögerte. »Was schlägst du vor?«

Der Karawanenführer zuckte die Achsel. »Nur Allah ist allwissend, Ehrwürdiger. Aber wenn wir auf das Geschwätz Jolltschis hören dürfen: Er sagt, wir brauchen vier Tagesritte bis an den Khotan-Darja . . .«

»Aber du bezweifelst das?« Etwas in der Stimme des Turkmenen machte Hedin aufmerksam. »Du traust ihm nicht?«

»Er hatte ein schweres Schicksal und er ist ein alter Mann. Er ist eigentlich schon über das Alter hinaus, in dem man solche Reisen macht – und er weiß es«, erklärte Islam Bai nachdenklich. »Vielleicht würde er uns nicht mit Absicht belügen, aber – der Prophet ist mein Zeuge – er übertreibt ... Und er steckt voller Heimlichkeiten.«

»Er sucht nach Schätzen. Ich weiß es. Er ist wie ein Spieler, der immer wieder einen neuen Einsatz wagt, weil er überzeugt ist beim nächsten Mal mit Sicherheit zu gewinnen. Niemand wird ihn davon heilen können. Er hofft immer auf den großen, den einmaligen Fund.«

»Fund? Oh Allah, oh Mohammed! Woher weißt du davon?«

»Ich weiß gar nichts«, sagte Hedin. »Aber du solltest jetzt endlich den Mund aufmachen.«

»Den Mund?« Der Karawanenführer grinste. »Das würde kaum genügen. Aber wie wäre es damit?« Er griff in die Tasche seines schmierigen Fellmantels. Als er die Faust öffnete, lag eine geschnitzte Holzfigur auf seiner schwieligen Handfläche.

»Sind es solche Dinge, an die du dachtest, Herr? Die du begehrst?«

»Ja«, sagte Hedin. »Genau solche. Wo hast du die Statue her?«

»Von Jolltschi. Er fand sie schon zu Beginn der Reise. Er behauptet, sie sei ein Amulett gegen die bösen Geister.«

»Da könntest du dir auch deine alten Stiefel um den Hals hängen.« Hedin betrachtete die Figur. Sie war aus Pappelholz geschnitzt, die Arme fehlten. »Das ist eine Buddhastatue ... und sie ist sehr, sehr alt ... Weit über tausend Jahre – fünfzehnhundert oder sechzehnhundert Jahre.«

»Ist sie – wertvoll?«, fragte der Turkmene. Die fünfzehnhundert oder sechzehnhundert Jahre sagten ihm nichts.

»Sie ist nicht hässlich, aber ganz sicher kein großes Kunstwerk. Mit ihr würde sich bei den Kunsthändlern in Indien oder China kein hoher Preis erzielen lassen.«

»Es soll Leute geben, die sehr viel Geld für so etwas bezahlen.«

»Nicht für diese Figur. Ihr Wert ist anderer Art. Sie stammt aus einer Zeit, ehe sich die Menschen in diesem Land zum Islam bekehrten. Sie ist älter als der Glaube an den Propheten und den Koran . . . Darum würde ich sie gerne kaufen. – Hat Jolltschi sie dir gegeben? Sollst du sie für ihn an mich verkaufen?«

Der Karawanenführer zögerte. »Nein . . . Ich sah sie bei ihm und wollte nicht, dass sie verloren geht . . .«

Hedin sah den Turkmenen an. »Ich verstehe. Aber es gefällt mir gar nicht. Weißt du, wie man so etwas nennt?«

»Worte . . . Was besagen schon Worte . . .«

»Du gibst ihm jedenfalls die Statue zurück und fragst, ob er sie mir verkaufen möchte. Aber wichtiger noch als die Figur selbst ist der Ort, wo er sie fand . . . Und was nun die Wasservorräte angeht, was rätst du mir?«

»Die Kamele kommen rascher voran, wenn sie nicht übermäßig belastet sind. Andererseits sollten wir kein Risiko eingehen . . .«

»Also was rätst du mir?« Die wenigen Karten, die die Takla-Makan überhaupt verzeichneten, gaben die Entfernung mit 130 km an. So auch der russische Forscher Prschewalski, wusste Hedin. Bei einem Durchschnittsmarsch von etwa zwanzig Kilometer täglich waren das sechs Tagesritte.

»Nehmen wir Wasservorräte für fünf Tage mit«, schlug der Turkmene vor. »Das wird allen klar machen, dass sie nicht bummeln dürfen.«

»Zehn«, entschied Hedin. Das war die Hälfte dessen, was ihre Behälter fassten, aber es würde reichen. Damit konnten sie auskommen, auch wenn es Verzögerungen geben sollte, die in der Wüste niemals völlig auszuschließen waren.

Der Karawanenführer nickte. »Und wann brechen wir auf?«

»Übermorgen«, entschied Hedin. »Dann bleibt allen ein Ruhetag, vor allem auch den Kamelen, und die Männer können Kleidung und Ausrüstung noch einmal überprüfen.«

Im Sandsturm

Die Karawane hatte den See mit dem ersten Frühlicht verlassen, jetzt war es beinahe Mittag und die Männer sahen keinerlei Anzeigen von Vegetation mehr. Das Gras, das sie anfangs noch mit einigen kümmerlichen Büscheln strohiger Halme begleitet hatte, war längst zurückgeblieben. Nun gab es nur noch Sand – immer tiefer werdenden, mehlfeinen, hellen, fast weißen Sand.

Niemand sprach mehr, niemand lachte. Im Gänsemarsch stakten die Kamele, die immer wieder faustgroße Büschel brauner Winterhaare verloren, durch die Wüste. Je vier Kamele waren zusammengebunden, jedes mit einem Strick, dessen hinteres Ende an dem Querholz befestigt war, das die Tiere durch den Nasenknorpel trugen. Das andere Ende war an den Schwanz des vor ihm gehenden Tieres geknüpft. Der Knoten war dabei so geschlungen, dass er sich auf kurzen Druck sofort löste.

Neben und zwischen ihnen schritten die Turkmenen. Sie hatten die Stiefel ausgezogen und an die Packsättel gehängt. Zuerst war es angenehm gewesen. Es gab keine Rillen, Furchen und Wurzeln mehr, an denen sie sich hätten verletzen können, und sie hatten das Gefühl, als bewegten sie sich über die weichen Teppiche in ihren Zelten. Doch dann war der Sand mit jeder Viertelstunde ein wenig tiefer geworden und jetzt versanken ihre Füße bei jedem Schritt bis über die Knöchel.

Mit vorgebeugten Oberkörpern, die Blicke auf den im Sonnenlicht flimmernden Sand gerichtet, tappten sie dahin. Es gab keine Straße, keinen Weg, keinen irgendwie gekennzeichneten Pfad. Islam Bai führte die Expedition an, neben sich Aktuja mit seiner riesigen Kupferglocke, die bei jedem Schritt über die ganze Länge der Karawane hinweg zu hören war.

Hedin zog zuweilen seinen Kompass hervor und immer wieder war er überrascht. Was ihm mit allen wissenschaftlichen Hilfsmitteln in dieser weglosen Wildnis, die, außer der Sonne, keinerlei Anhaltspunkte bot, wahrscheinlich nicht gelungen wäre, hatte der Turkmene im Blut. Mit dem gleichen Instinkt, der Zugvögel unfehlbar an ihr Ziel brachte, fand er den Weg. Vielleicht war ihm diese Gabe angeboren, vielleicht hatte er sie auch erst mühsam im Laufe der Jahre erworben. Jedenfalls schritt er, ohne auch nur einmal zu zögern, voran, marschierte von Düne zu Düne, durchquerte Mulde auf Mulde und hielt nur an, um auf Nachzügler zu warten und den Abstand zwischen den beiden Vierergruppen der Kamele nicht zu groß werden zu lassen.

Nichts als leere, hitzeflammende Sanddünen, die sich nach allen Seiten ins Endlose erstreckten. Kein Vogel zeigte sich mehr, keine Eidechse, keine Schlange. Nur feiner weißer, leicht geriffelter Sand bis hin zum vibrierenden Dunst des Horizontes.

Am frühen Nachmittag machten sie im Schatten einer Düne eine längere Rast. Die Männer dösten vor sich hin und schliefen nacheinander ein. Hedin hatte keine Lust, sich zu erheben; aber die Gefahr, wertvolle Stunden zu verlieren, war zu groß. Er erhob sich, warf die Satteltasche über Boghras Hals und die mühselige Reise ging weiter. Sie befanden sich jetzt mitten im Dünengebiet. Jedes Mal, wenn sie einen Kamm überschritten, konnten sie die sich noch höher auftürmenden Nachbardünen sehen. Waren sie am späten Vormittag noch zwischen sechs und acht Meter hoch gewesen, so erreichten sie nun Höhen von zwölf und vierzehn Metern. Und selbst dabei würde es nicht bleiben. Aber schlimmer noch: Es gab auch keine Möglichkeit, sie zu umgehen. Im Osten wie im Süden und im Norden bot sich das gleiche Bild. Nach welcher Seite er sich auch wandte, wohin er auch blickte, die Landschaft war überall gleich schrecklich – weiße, vom Wind geriffelte Dünen, heiß und still, ohne eine Spur von Leben bis hin zum Horizont.

Die Stunden gingen vorüber, eine nach der anderen. Die Kamele stakten immer langsamer. Hinauf und hinab. Eine Stunde vor Sonnenuntergang erreichten die Sandhänge Höhen von fünfundzwanzig und dreißig Metern. Manchmal hielten sie vor einer beinahe senkrecht aufragenden Wand, die von den Tieren nicht zu bezwingen war, dann ließ Islam Bai die Spaten hervorholen und die Turkmenen mussten zunächst eine Art Treppe schaufeln, ehe die Karawane den Marsch fortsetzen konnte.

Am stärksten jedoch litten die beiden Hunde unter der Hitze. Vor allem Hamra, der noch seinen dicken Winterpelz trug. Er hechelte und winselte vor Durst und Erschöpfung.

»Bleib hier, Hamra! Schön bei mir. Es wird auch wieder besser. Das verspreche ich dir«, tröstete Hedin. Immer häufiger suchte das Tier seine Nähe, drängte die Schnauze in seine Handfläche und bettelte um Schutz und Hilfe. Jolldasch, von der Größe und Stärke eines Wolfes, hielt sich dagegen sehr viel besser.

Kurz bevor es dunkel wurde, machten sie schließlich im Schutze einer hufeisenförmigen Düne Halt und sattelten ab. Islam Bai hatte einen geeigneten Rastplatz gefunden, einen nur wenige Meter breiten Ort, von dem der Wind den Sand gefegt hatte, und so lagerten sie auf dem grauen Lehmboden. Mehrere Tamariskensträucher streckten ihre verkümmerten Zweige ins Leere. Die Kamele, von ihren Lasten befreit, stürzten sofort darüber her, fauchten und bissen sich wie Katzen im Kampf um die dürren Zweige, die sie noch vor drei Tagen voller Verachtung verschmäht hätten.

Hedin war müde. Alles in ihm sehnte sich nach Schlaf, aber er wusste auch, dass er den Männern ein Beispiel geben musste. Wenn die Treiber erst merkten, dass er sich gehen ließ, würden sie selbst sehr rasch ihre Pflichten vernachlässigen.

Kasim und Muhammed Schah hatten aus mitgeschlepptem Reisig und getrocknetem Kameldung ein Feuer entzündet. Nun kauerten sie davor und kochten Tee, während Islam Bai Hedins Zelt errichtete.

Hedin hockte neben Jolltschi, der immer wieder in die Dunkelheit blickte.

»Horch«, sagte er plötzlich. »Hast du das gehört, Herr?«

Hedin horchte. »Nein, überhaupt nichts«, sagte er.

»War es Donner?«, flüsterte er. »Es klang nach Donner – oder doch beinahe . . . Vielleicht war es auch der kleine fremde Gott, den du begehrst . . .«

»Er hat keine Macht über uns«, sagte Hedin ruhig. »Wirst du ihn mir verkaufen?«

»Vielleicht . . .« Die Augen des Treibers glänzten. Er hob die Hand und umklammerte die Buddhastatue. »Irgendetwas geschieht«, flüsterte er. »Dieser Schatten, der über der Wüste hängt, oh Allah . . . Irgendetwas kommt auf uns zu.«

Er sah bestürzt aus; er blickte hinter sich, dann zu den

Sternen hinauf. Die eingefallenen Schläfen klopften, seine hageren Wangen glänzten von Schweiß.

»Vielleicht siehst du Unheil, wo gar keines droht«, murmelte Hedin.

Alt, grau und bucklig hockte Jolltschi am Feuer. »Ich weiß es nicht, Ehrwürdiger. Da ist etwas, das mich ständig ängstigt . . . Vielleicht sind es die Götter jenes untergegangenen Volkes . . . Sie fürchten um ihre Ruhe. Sie wollen nicht, dass du ihnen nachspürst, Herr.« Er verstummte und starrte in die Flammen. »Horch . . . Hörst du?« Er blickte mit gerecktem Kopf in die Nacht.

Hedin horchte wieder. Ja, irgendwo in den Dünen hinter ihnen, wenn auch schwach, rührte sich etwas. Aber das Geräusch erstarb. Die Nacht hing schwer und still herab.

Schließlich kam Islam Bai heran. »Wir sollten uns darauf einrichten, dass unsere Vorräte nicht nur für zehn Tage reichen müssen, sondern für elf oder zwölf . . . Und auch dabei sollten wir noch immer sparsam sein.«

»Also werden wir uns fortan nicht mehr waschen«, sagte Hedin.

»Waschen! Von denen, die du hier siehst, weiß keiner, was das überhaupt ist. Aber morgen wäre ohnehin keine Zeit dazu.«

»Wieso? Was ist los?«, fragte Hedin überrascht.

Der Karawanenführer rieb die linke Schulter und blickte nach Osten. »Ich möchte darauf wetten, dass wir es die längste Zeit hier so ruhig hatten. Meine Schulter tut höllisch weh, also schickt uns Allah einen Sturm. Für einen oder auch zwei Tage wird es mit unserer Weiterreise nicht sehr rasch gehen . . .«

»Ein Sandsturm?«, fragte Hedin überrascht. »Wie kannst du das wissen?«

Der Turkmene verzog das Gesicht. »Wir alle wissen es ... Es gibt Dinge, die kann man nicht erklären ... Bei mir ist es die Schulternarbe – Überbleibsel eines Dolchstichs. Sie zeigt jeden Wetterumschwung an.«

»Was können wir tun?«, fragte Hedin.

Der Karawanenführer schüttelte den Kopf. »Nichts, fürchte ich, Erhabener. Gar nichts. Ich habe auf meinen Reisen schon einige dutzend Sandstürme erlebt, aber irgendwie ist jeder anders.«

»Wann müssen wir mit dem Ausbruch des Sturmes rechnen? – Sagt deine Schulter auch darüber etwas?«

Islam Bai grinste. »Nun, eine Uhr ist sie gerade nicht. Morgen Nachmittag wird es beginnen. Vielleicht wird es auch morgen Abend.«

Hedin wusste nicht, wieso Islam Bai den Sandsturm hatte voraussagen können; aber es zeigte sich, dass er seine schmerzende Schulter richtig gedeutet hatte. Gegen Mittag des nächsten Tages begann der Himmel seine Farbe zu verlieren. Milchig graue Wolkenbänke zogen sich zusammen und legten sich wie Nebelschwaden über die Sandhügel. Doch es war ein langsamer Vorgang. Von einer Viertelstunde zur nächsten waren die Veränderungen kaum zu erkennen. Dennoch vollzog sich das Ganze mit der Präzision des Unabänderlichen.

Plötzlich stach die Sonne durch den weißlichen Dunst. Ockerfarbene Lichtströme fluteten über den Sand. Mit einem Male schienen die Dünen in Flammen zu stehen. So musste es in den Frühzeiten der Erde ausgesehen haben, da sich die Erdkruste abzukühlen begann.

»Oh Allah!«, keuchte Kasim. »Das sieht gefährlich aus ...«

Sie waren abgesessen und Hedin führte sein Tier am

Halfter weiter. Jetzt begannen sich die Perspektiven zu verzerren. Verwundert blickte er nach Südwesten. In einigen Kilometern Entfernung schien die Wüste zu Ende zu sein. Das Gelb des Sandes ging in ein schwaches Grün über. Andersfarbige Streifen schoben sich dazwischen, mischten sich miteinander – und dahinter lag eine Stadt: lehmbraune Mauern, dazwischen der wuchtige Turm einer Moschee ... Immer neue Effekte zauberten die Wirbel aus Licht und Hitze an den Himmel. Phantastische Trugbilder blühten auf, gleißten in augenblendender Helligkeit. Doch sie dauerten nicht. Sekunden später war die Stadt schon nicht mehr zu erkennen. Die Farben schimmerten in einem wässrigen Glanz. Die Umrisse waren wieder unscharf geworden. Wellen von Hitze schwammen in dem gebrochenen Licht. Die Perspektiven hatten sich verschoben. Das Ganze war unkenntlich geworden.

Nun verblasste auch die Sonne wieder. Ebenso jäh, wie ihre Strahlenbündel die Wolkendünste durchbrochen hatten, erstarb das Licht hinter seiner senfgelben Staubglocke, die heiß und riesig über der Wüste hing.

»Anhalten, Brüder!«, schrie Islam Bai. »Wir bleiben hier. Rasch!«

Die Turkmenen halfterten die Tiere nieder, rissen die Schlaufen an den Packsätteln auf und ließen die Lasten auf den Boden fallen. Wieder hatte Islam Bai eine Mulde gewählt, deren Sandschicht nur wenige Zentimeter tief war. Darunter befand sich glasharter Lehmboden.

»Schnell! Das Zelt, Brüder!«, trieb er die Männer an. »Vorwärts! Beeilung! Aber achtet auf das Wasser! Wir können keinen Kanister entbehren.«

Plötzlich setzte ein sonderbares Geräusch ein – ein fernes, dünnes Winseln, das sich in Sekundenschnelle zu einem scharfen, schrillen Pfeifton verstärkte. Der bedrohliche Sturm stand nun unmittelbar über ihnen am dunklen Himmel. Ein erster Windstoß peitschte heiß und sengend über den Boden, dann hatte sie der Sandnebel verschlungen. Alles versank in den schweren Wolken schwarzen Sandes.

Aber noch einmal wurde es ruhig. Es war nicht die Stille des Friedens, sondern eine verdichtete, jäh entzündbare Stille. Für einen Atemzug verharrte die Wüste in Betäubung. Hedin hatte von solchen Stürmen gelesen. Genauso mussten sie sein. Die Vorstellung beruhigte ihn ein wenig. Tief versteckt verspürte er sogar so etwas wie eine geheime Befriedigung. Hatte er nicht zuweilen auf eine solche Erfahrung gehofft?

Der Schleier hatte sich gelegt. Er sah die dunklen, verängstigten Gesichter der Treiber, sah die zitternden Hände, mit denen sie nach den Kamelhaardecken griffen und sie über die Schultern zogen. Ein sonderbares Gemisch aus Besorgnis und Erwartung erfüllte ihn, aber stärker noch war seine Neugierde.

Er sprang empor und starrte in die Nacht. Der Anblick der wirbelnden Sandwolken über der Mulde war von einer wilden, fast grausamen Schönheit, ein einzigartiges Schauspiel. Nie würde er es vergessen können.

Dann kehrte der Wind in die Senke zurück. Ein ungeheurer Sog schien ihn plötzlich herabzupressen – und mit ihm kam der schwarze Sand. Welle auf Welle. Er traf ihn voll ins Gesicht, heiß und schmerzhaft wie brennendes Salz.

Er taumelte ins Zelt. Hinter ihm krochen die Turkmenen auf den Knien unter die Plane und dann spürte er etwas tröstlich Feuchtes, beinahe Kühles an seiner Hand. Die Hunde hatten die allgemeine Verwirrung benutzt, um gleichfalls in das Zelt zu flüchten. Hedin hatte Verständnis dafür.

»Hinlegen!«, befahl er. »Brav hinlegen! Wenn ihr nicht ganz ruhig bleibt, müsst ihr wieder aus dem Zelt. Ruhig jetzt!«

Er tastete über das Fell neben sich und erkannte Jolldasch. Die kleinen, spitzen Ohren, die seidigen Haare, der ganze Körperbau erinnerte mehr an einen Fuchs als an einen Hund.

Jolldasch gehörte zu den Veteranen der Expedition. Er hatte schon als Jungtier auf dem Rücken eines Lastkamels, in einem offenen Weidenkorb hockend, die Karawane begleitet. Selbstverständlich hatte es Schwierigkeiten gegeben und er war durch die Schaukelschritte seekrank geworden. Hedin erinnerte sich noch an das Winseln und die jämmerlichen Klagelaute, mit denen er damals um Hilfe gebettelt hatte. Seitdem waren zwei Jahre vergangen und der Hund hatte sich als treuer, zuverlässiger Wächter bewährt.

Der Wind schwoll weiter an. Er raste wie ein Dämon durch die Nacht und verwandelte die Wüste in ein heulendes Chaos. Hedin kauerte neben dem Zelteingang und presste die Hände gegen die Augen. Er hatte das Heraufkommen des Sturmes mit aller Aufmerksamkeit, deren er fähig war, beobachtet. Aber nun, da nichts mehr seine Sinne ablenkte, kehrten die Besorgnisse zurück. Würden sie die Takla-Makan auf diesem Wege durchqueren können? »Straße der wilden Abenteuer« – so hatten die Chinesen mit ihrem Sinn für Poesie und Realität jenen Pfad durch diesen Teil Zentralasiens genannt. Und sie hatten nicht übertrieben. Entsetzen erfasste ihn bei dem Gedanken an die endlosen Stunden im Sattel, die noch vor ihnen lagen. Es gab nichts zu tun und er versuchte zu schlafen. Doch es gab kein Entrinnen. Er konnte nur warten.

Nach zwei Stunden hatte er jedes Zeitgefühl verloren. Der Sand drang durch jede Ritze, durch jeden haarfeinen Spalt in das Innere des Zeltes und bahnte sich einen Weg durch die Kleider. Wie eine ätzende Salbe brannte er auf der entzündeten Haut. Hedins ganzer Körper juckte, als leide er an Nesselfieber.

Doch er rührte sich nicht. Es gab ohnehin nichts, das ihm die Erleichterung hätte bringen können. Viertelstunde um Viertelstunde kauerte er so in der heißen Dunkelheit, den Hund dicht neben sich. Stumm und wie betäubt wartete er auf den Morgen.

Irgendwann während der Nacht steigerte sich der Sturm erneut. Das war mehr, als die Karawanen sonst über sich ergehen lassen mussten. Das war der berühmte Kara-buran, der »schwarze Orkan«, wie ihn die Turkmenen nannten. Die Männer schnauften und keuchten unter den heißen Sandwolken vor Atemnot. Doch es gab keine Hilfe, keine Erleichterung, was immer sie auch taten. Der Sand war überall. Er saß wie Leim im Munde und die Kehlen blieben zugeschnürt. Die glühend heiße Luft war zu einem schmerzenden Gespinst geworden, das mit jedem Atemzug tiefer in die Lungen drang.

Sand, nichts als Sand! Keine Macht bestand mehr, außer der des Sandes. Die Gepäckstücke gerieten in Bewegung. Die Wasserkanister rutschten und klirrten. Nichts hatte mehr Bestand. Alles schien im Begriffe, sich aufzulösen, zerschmettert zu werden, unterzugehen. Der Boden wankte, das Zelt bog sich wie ein Schiffsegel auf hoher See.

Gegen Morgen sprang der Orkan nach Süden um, ohne dass er etwas von seiner brüllenden Wildheit verlor. Die Männer kauerten mit verkrampften, verschwollenen Gesichtern in der heißen Dunkelheit. Sie hatten die Knie hochgezogen und die Füße aneinander gestemmt. Abwechselnd hielten sie mit einer Hand die Zeltstange, mit der anderen schützten sie das Gesicht, während der Sand in schwarzen Wolken durch das Zelt schoss.

Hedin hatte keine Vorstellung davon, wie viel Zeit vergangen war, als er aus seiner stumpfen Gleichgültigkeit erwachte. Er fühlte sich leer, ausgebrannt und betäubt vor Hitze.

Muhammed Schah hockte dicht neben ihm. Dürr und vertrocknet kauerte er in der Dunkelheit. Durch eine Naht in der Zeltdecke fiel ein weißlicher Lichtstrahl. Sein Gesicht mit dem strähnigen Bart sah erschreckend aus. Die aufgerissenen, runzeligen Lippen bebten. Ein Muskel unter dem linken Auge klopfte unentwegt.

Der Orkan musste etwas nachgelassen haben. Auch der Hund neben ihm hob den Kopf und schnüffelte prüfend. Hedin rutschte Zentimeter um Zentimeter zum Ausgang. Von allen Seiten rieselte Sand auf ihn herab. Schlimmer noch war die verbrauchte, stickige Luft; sie schien ihm plötzlich unerträglich. Wie hatte er es nur so viele Stunden zwischen all den ungewaschenen Körpern aushalten können.

Behutsam hob er die Zeltklappe an und augenblicklich riss ihm der Sturm die Arme hoch. Ein Windstoß, der aus der Feuerung eines Schmelzofens zu kommen schien, fuhr über ihn hinweg. Das Zelt schwoll an wie ein Ballon. Mit dem nächsten Atemzug musste es platzen oder aus dem Boden gerissen werden. Da drückte Islam Bai die Klappe herab.

Hedin sank vornüber. Mühsam richtete er sich auf;

aber dann starrte er verblüfft in die Wüste: Was bedeutete das? Träumte er? Trotz des Sturmes war der Himmel klar. Deutlich konnte er die Kammlinie der Nachbardüne sehen, die sich makellos weiß gegen den Himmel abhob.

Eine Weile rührte er sich nicht und blinzelte in das strahlende Sonnenlicht. Rein und unbetreten dehnte sich der Sand. Der Orkan hatte alle Spuren verweht. Hinter ihm trieb die verbrauchte Luft heran. Es stank entsetzlich, fast unerträglich nach Schweiß, Kamelurin und ungewaschenen Kleidern. Irgendwer stieß ihn an und so rutschte er aus dem Zelt und richtete sich auf.

Islam Bai kroch als Nächster auf Händen und Knien heran. »Oh Allah, oh Mohammed ...«, schnaufte er. »Das war mehr, als wir erwarten durften ... Wie fühlt sich der Erhabene?«

»Ich lebe noch – mehr lässt sich im Augenblick nicht sagen«, murmelte Hedin.

Die beiden Hunde erschienen im Zelteingang. Behutsam, mit eingezogenem Schwanz, als könnten sie der Stille nicht trauen, nahmen sie die Umgebung in Augenschein. Offensichtlich waren sie bereit jederzeit wieder in das Zelt zu fliehen. Was sie sahen, schien ihnen jedoch zu gefallen, denn sie sprangen mit schwachem Wedeln zwischen die Kamele. Wahrscheinlich wollten sie sie über die neue Situation unterrichten, denn Hedin hörte Sekunden später ihr freudig erregtes Bellen.

Der Turkmene lachte und deutete mit dem Kopf in die Richtung der Hunde. »Sie haben von Allah mehr Verstand erhalten als die meisten hier in dem Zelt.«

»Sie scheinen zu wissen, dass wir nicht hier bleiben können«, sagte Hedin.

»Sie haben nicht nur Verstand erhalten – sie gebrauchen ihn auch.«

Nun krochen auch die anderen Treiber hervor. Hustend, spuckend, kaum mehr menschenähnlich unter ihren Decken und Mänteln kämpften sie sich auf die Füße.

»Schneller!«, rief Islam Bai. »Bewegt euch! Der Sturm ist vorüber . . . Und wir müssen weiter!«

»Schon recht, schon recht, oh Allah . . .« Kasim schüttelte sich, um einen Teil des Sandes loszuwerden. »War das eine Nacht!«

Nun tauchte auch Muhammed Schah auf. Er fuhr sich mit den Händen über das Gesicht, was bei ihm die Morgenwäsche ersetzte.

»Rascher!«, rief der Karawanenführer. »Du bist schön genug. Bringt die Kamele auf die Beine! Wir haben keine Zeit zu verlieren. Los, schlagt das Zelt ab! Wo ist Jolltschi? Beeilung!«

Kasim, der die Kamele mit Fußtritten auf die Beine brachte, zuckte die Schulter. »Weiß ich nicht. Wahrscheinlich schläft er noch.«

»Was!«, schrie der Karawanenführer. »Da wird es Zeit, dass er auf die Füße kommt.«

Er packte die mittlere Zeltstange und riss sie mit einem Ruck aus dem Boden. Das Zelt stürzte zusammen. Sekunden später geriet die Plane in heftige Bewegung und der Kopf des Alten erschien.

»Wer – wer war das?«

Islam Bai packte den Alten am Fellmantel, zog ihn aus dem Zelt und riss ihn mit erstaunlicher Kraft empor. Jolltschi kam auf die Beine und verlor den Halt wieder. Wie ein Betrunkener hing er in den Armen des Karawanenführers.

»Immer noch schwach auf den Füßen, was? Die ganze Nacht geschlafen und trotzdem müde ... Du solltest keine so weiten Reisen unternehmen. Jolltschi – das war einmal!«

Die Worte, mehr noch der spöttische Tonfall und die grinsenden Gesichter der anderen, trafen den Alten wie ein Peitschenhieb.

»Oh Allah, wie er die Augen aufreißt!«, spottete der Turkmene. »Keine Sorge, Brüder, er wird nicht beißen. Er beißt nicht!«

Die hämischen Worte und das heisere Lachen ringsum versetzten den Alten in rasenden Zorn. Plötzlich stand er wieder auf den Beinen. Mit einem Ruck riss er sich los.

»Was sagst du?«, stieß er hervor. »Allah verderbe dich, du Sohn einer Sandschildkröte ...« Mit verzerrtem Gesicht tappte er auf den Karawanenführer los. »Sage noch einmal, was du eben gesagt hast! Los, los ... Sag es noch einmal!«

Islam Bai war verblüfft einen Schritt zurückgewichen und schüttelte den Kopf. Dann lachte er unsicher. Jolltschis Augen funkelten in jäh aufspringendem Hass: Mit vorgestrecktem Kopf kam er näher.

»Was hast du denn, Alter? Bist du von Sinnen? Zum Teufel mit dir!«

Islam Bai hatte sich noch immer nicht völlig von dem überraschenden Zornausbruch des Alten erholt. Er lachte unsicher: »Willst du dich mit mir schlagen? Oder was willst du? So beruhige dich doch!«

Jolltschi stand jetzt dicht vor dem Turkmenen. Sein Gesicht, mehr noch die ganze Haltung zeigen, dass er sich mit dem nächsten Atemzug auf den anderen werfen wollte.

Der Karawanenführer schüttelte den Kopf. »Du musst verrückt sein«, sagte er schließlich. »Du musst tatsächlich verrückt sein, wenn du dich mit mir schlagen willst . . .«

»Verrückt . . .«, flüsterte der Alte. »Ich bin nicht verrückt. Ich war es, als ich mich dazu überreden ließ, diese Reise mitzumachen, die du führst . . . Denn du bringst Unglück über uns! Von der ersten Stunde an fühlte ich es. Ich rieche den Geruch des Todes . . .«

»Was du riechst, bist du selbst«, sagte der Turkmene. Er hatte es offensichtlich satt, den Alten zu beschwichtigen. »Du solltest dich wieder einmal waschen.«

Die Umstehenden lachten.

»Nun geh und beweg deinen Hintern, Jolltschi!«

»Waschen soll ich mich? Und meinen Hintern bewegen . . .« Der Alte reckte den Hals und entblößte die Zähne. »Einen Spaß willst du dir machen – nur einen kleinen Spaß«, zischte er. »Aber du irrst dich . . . Du irrst dich!«

Die Stimme überschlug sich und er stürzte sich auf den Karawanenführer. Eine halbe Sekunde später wälzten sich beide im Sand, ein Durcheinander zuckender Fäuste. Hedin sprang zwischen sie und packte den Alten, der sich erbittert widersetzte, an den Schultern. Dann drückte er den Turkmenen beiseite.

»Aufhören!«, schrie er. »Wenn ihr euch prügeln wollt, dann sucht euch einen anderen Ort! Nicht jetzt und nicht hier! Ihr müsst verrückt sein, dass ihr so mit euren Kräften umgeht!«

»Aber er hat mich beleidigt«, keuchte Jolltschi. »Er hat mich beleidigt wie niemals ein anderer . . .«

»Dafür hast du es ihm auch kräftig zurückgegeben. Schluss jetzt!« Hedin schob die beiden auseinander.

»Beladet die Kamele! Wir haben mehr Zeit verloren, als wir uns leisten können. Vorwärts jetzt!«

Islam Bai rang noch immer um seine Selbstbeherrschung. »Hast du das gesehen, Herr?«, schnaufte er. »Er muss den Verstand verloren haben bei dieser Hitze ... Springt mich einfach an ... Nicht zu fassen ...«

»Übermäßig viel Verstand habt ihr beide nicht gezeigt.« Er blickte Islam Bai fest in die Augen. »Besser, du hältst dich zurück. Wir haben schon gerade Sorgen genug. Er ist immerhin ein alter Mann.«

»Bei Allah, er drückt sich vor jeder Arbeit. Was immer auch zu tun ist, er sucht sich davor zu drücken.«

Er zögerte. Er hatte nach seiner Überzeugung nichts getan, das er nicht rechtfertigen konnte. Sein Spott sollte den anderen doch nur auf die Beine bringen. War das so schwer zu verstehen? Islam Bai fühlte sich plötzlich müde und ernüchtert. »Ich hatte ihn nicht beleidigen wollen«, sagte er. »Der Prophet ist mein Zeuge, es tut mir Leid, wenn es so klang ...«

Eine volle Minute stand Jolltschi unbeweglich und starrte auf den Turkmenen. Er schien die Worte entweder nicht gehört oder nicht verstanden zu haben. Dann wandte er sich plötzlich ab. Ohne ein Wort zu sagen hinkte er mit gesenktem Kopf an den anderen vorbei und suchte sein Gepäck.

Stumm blickten ihm die Männer nach. Sein Schweigen erschien ihnen gefährlicher, als es jede Drohung hätte sein können! Jeder spürte, dass der Streit nicht ausgestanden war.

Wasser, Wasser . . .

An diesem Morgen brach die Karawane später auf. Trotz der verlängerten Rast kamen die Männer jedoch nur langsam vorwärts. Die meisten hatten während der Nacht nicht schlafen können und waren erst gegen Morgen in einen unruhigen Schlummer gefallen, der ihnen keine Erleichterung brachte.

Nun bewegten sie sich in einer weit auseinander gezogenen Reihe. Niemand sprach. Sie hatten die Turbane so um den Kopf geschlungen, dass sie bis zu den Brauen reichten und mit dem ausgefransten Ende Mund und Nase verhüllten. Nur für die Augen war ein schmaler Sehschlitz geblieben.

Sie schliefen nicht, noch waren sie wirklich wach. Um die Tiere zu schonen, hatte Islam Bai das Aufsitzen verboten und so tappten sie neben den Kamelen her, das Seil des Lederhalfters um die Hand geschlungen, mehr Geführte als Führende.

Auch Hedin hielt sein Kamel an der Leine. Niemand konnte mit Sicherheit voraussagen, wann sie wieder auf Wasser treffen würden, und er wollte kein Risiko eingehen. Ohne Tiere würden sie die Takla-Makan nicht durchqueren können, wusste er.

Allen voraus schritt Islam Bai. Wie ein abgeschossener Pfeil bewegte er sich durch den weißen Sand. Die meisten Hügel, die sie passierten, waren viel zu hoch, um ihm einen Überblick zu gestatten, aber das tat seiner Sicherheit keinen Abbruch.

Am Fuße einer Düne verbrachten sie eine lange Rast. Alle litten unter Atemnot, als sie sich auf ihre schnell entrollten Decken warfen, und ihre Gesichter glühten vor Sonnenbrand und Anstrengung hinter den Tüchern. Ihre Füße brannten und die Schenkel zitterten vor Ermüdung. Um sie herum schimmerten die leeren Hänge in der Mittagsglut und ein grenzenloses, bedrückendes Schweigen lag über allem.

Nach einer Viertelstunde, während der niemand sprach, seufzte Kasim: »Ein Becher Wasser . . . Kann mir jemand sagen, wie Wasser überhaupt schmeckt? Ich muss das längst vergessen haben.«

Islam Bai hob den Oberkörper und stützte sich auf den Ellbogen. »Ich höre immer Wasser«, sagte er ärgerlich. »Was ihr nur immer mit dem Wasser habt! Trinken und trinken . . . Habt ihr denn sonst nichts mehr im Kopf?«

»Erbarmen!«, murmelte Kasim in komischer Verzweiflung. »Nur einen Becher Wasser für einen durstigen Mann!«

Hedin blickte auf die Hunde, die sich aus dem Sand erhoben hatten und mit dem Schwanz wedelten. Kein Zweifel, sie hatten das Wort »Wasser« aufgefangen und verstanden.

Auch Muhammed Schah hatte die Szene beobachtet. »Dort, oh Allah, diese Hunde haben den Verstand eines Menschen«, erklärte er. »Auch sie sind durstig und sie wissen, dass wir vom Wasser reden.«

Hedin mischte sich ein. »Geben wir jedem einen Becher – auch den beiden Hunden und dem Schaf.«

»Möge Allah dich für deine Güte mit den ewigen Freuden des Paradieses belohnen, Erhabener«, murmelte Kasim und zog seinen Becher hervor. »Dieses Schaf besitzt in der Tat die Treue eines Hundes. Lieber will ich verhungern als es jemals schlachten.«

Islam Bai verteilte das Wasser unter den wachsamen Augen der Hunde, die jeder Bewegung mit nicht abzulenkender Aufmerksamkeit folgten, sobald sich jemand auch nur in die Nähe der Kanister begab.

Eine halbe Stunde später gab der Karawanenführer den Befehl zum Weitermarsch. Die Männer bildeten wieder eine Reihe und trotteten neben den Kamelen her.

Die Stunden vergingen, eine nach der anderen. Die Kamele stakten immer langsamer und schwerfälliger, Schritt um Schritt, dahin. Die Sonne, die wie eine weiß glühende Wolke über ihnen hing, schien sich nicht zu bewegen. Am Spätnachmittag zeigten sich die Tiere bereits so erschöpft, dass niemand mehr aufsitzen konnte und die Männer sie nun ziehen mussten. Sobald sie die Leinen locker ließen, wurden sie langsamer und blieben schließlich stehen. Eine Stunde vor Sonnenuntergang brach Babai zusammen.

Der Hengst stürzte auf die Knie der Vorderbeine, fiel dann zurück und kippte schließlich schwerfällig nach der Seite um. Er war nicht tot, so viel sah Hedin sofort, aber ausgezehrt von einer tödlichen Erschöpfung. Er kniete neben dem Tier nieder und löste die Schlaufen des Packsattels. Klirrend stürzten die Lasten in den Sand.

»Sieht nicht gut aus.« Islam Bai blickte auf das Tier, das mit heftig schlagenden Flanken und weit heraushängender Zunge, den Hals am Boden, im Sand lag. »Babai ist immerhin schon fünfzehn Jahre alt«, sagte er nach einer Weile, »das macht sich nun bemerkbar. Er war damals von den verkäuflichen Tieren das beste in Jarkent.«

Hedin sah, wie er einen Schritt rückwärts machte und

das Kamel mit prüfenden Blick musterte. Dann griff er zur Peitsche, die am Sattel steckte, und versetzte dem Tier zwei harte Hiebe, so als sei der jähe Zusammenbruch nichts weiter als Dickköpfigkeit.

»Aufstehen!«, brüllte er plötzlich. »Los, aufstehen ...«

Hedin zuckte zusammen, als das Tier vor Schmerz aufschrie. Wieder schlug der Karawanenführer mit aller Kraft zu.

Dann zwei, drei vergebliche Versuche, sich zu erheben. »Helfen!«, brüllte er. Hedin sprang hinzu. Sie drückten und schoben. Plötzlich stand der Hengst mit zitternden Flanken auf den Beinen.

»Das hätte ich nicht geglaubt«, gestand Hedin.

»Beim ersten Mal hilft es – aber leider eben nur beim ersten Mal.« Islam Bai wischte sich mit dem Ärmel die Stirn. »Wir müssen seine Lasten auf die anderen Tiere verteilen, dann wird er es noch einige Meilen schaffen.«

»Und dann?«, fragte Hedin. »Und was wird dann?«

»Er braucht Wasser«, sagte Islam Bai. »Er braucht spätestens morgen Wasser.«

Hedin nickte. Er wusste, dass das Kamel verloren war, denn die Chancen, morgen auf einen Brunnen zu stoßen, waren mehr als gering. Sein Blick fiel auf die anderen Tiere, die während der kurzen Pause sofort zu Boden gesunken waren. Dann packte er einen der Wasserkanister und trug ihn zu seinem eigenen Kamel. So konnte er ihn besser im Auge behalten. Der Blechkanister war überraschend leicht, kam ihm vor. Doch dann vergaß er seine Verblüffung wieder.

Minuten später setzten sie den Marsch fort und eine halbe Stunde später stürzte das zweite Tier. Wieder brachte Islam Bai es mit der Peitsche auf die Füße. Sie zogen schließlich weiter, aber die Ruhepause hatte schlimme Folgen, musste er erkennen. Der Antrieb war verloren. Die Spannung, die alle wie ein dichtes Netz umfangen hatte, war gerissen. Nach einigen hundert Metern waren die Energiereserven verbraucht und die Tiere wieder so ermüdet wie vor der Rast. Die Hitze machte die Männer schwindlig. Jolltschi begann wie ein Wettläufer zu keuchen und in kurzen, abgerissenen Lauten zu stöhnen.

Hedin vergrößerte den Abstand, um dem quälenden Anblick zu entgehen. Er konnte ihm nicht helfen. Seit zehn Minuten führte sie Islam Bai einen steil ansteigenden Hang empor und sie sanken bei jedem Schritt bis zu den Knöcheln in den mehlfeinen Sand.

Alle keuchten vor Anstrengung. Sie zerrten die widerspenstigen Tiere fünf oder sechs Schritte hinter sich her. Dann waren ihre Kräfte erschöpft und sie mussten eine Pause einlegen. Blind und taub gegen alles um sich her standen sie auf gespreizten Beinen, schwankten wie Betrunkene und ihre Schultern hoben und senkten sich in dem heftigen Bemühen, unter dem bleiernen Himmel einen Atemzug frischer Luft zu finden, die es nicht gab. Aus Furcht vor einer längeren Rast setzten sie dann nach zwei oder drei Minuten zum Weitermarsch an, denn sie spürten, dass es sie am Boden festhalten würde, wenn sie sich erst niederließen, und mühten sich eine kurze Strecke durch den losen Sand hügelauf.

Trotzdem wusste Hedin, dass die Männer noch einige Tage durchhalten würden. Sorge machte er sich nur wegen der Kamele. Sie waren offenbar verbrauchter, als sie alle angenommen hatten. Gegen seinen Willen ertappte er sich immer wieder dabei, wie er auf die hastigen, unregelmäßigen Atemzüge der Tiere lauschte. Noch zwei Meter, sah er, dann hatte Jolltschi mit Nähr den Kamm der Düne erklommen. Alles wäre sehr viel weniger anstrengend und zeitraubend gewesen, hätten die gespreizten Hufe der Tiere einen festen Halt gefunden. Vor ihnen hatte Islam Bai bereits den Kamm erreicht.

»Geht auseinander . . .«, rief er den Männern zu. »Los, auseinander! Wenn einer den Halt verliert und ins Rutschen kommt, reißt er die anderen mit. Auseinander, sage ich! Begreift ihr das . . .«

Er brach ab und sein Gesicht veränderte sich.

Im nächsten Augenblick hörte Hedin einen Schrei neben sich und fuhr herum. Nähr hatte den Halt verloren und kämpfte mit einem schrillen, hässlichen Kreischen um das Gleichgewicht. Vergeblich! Das Tier rutschte, fing sich, rutschte rascher und stürzte schließlich, sich überschlagend, in die Tiefe. Während des Sturzes hörte er es brüllen und war verblüfft, wie viel Lärm der Hengst in seiner Todesangst machen konnte.

Er zerrte Boghra auf den Kamm, wo es sich sofort niederlegte, und eilte den Steilhang hinab. Als er die Mulde wieder erreichte, stand das Tier, braun und schwer, wieder auf den Beinen, Jolltschi mit eingezogenem Kopf neben ihm.

Nun kam auch Islam Bai, mehr rutschend als gehend, durch den Sand herab.

Der Alte wandte sich an Hedin. »Es war nicht meine Schuld, Erhabener«, jammerte er. »Alles ging so rasch . . .«

»Schon gut«, sagte Hedin. »Versuchen wir es gemeinsam. Wir helfen dir. Zu dritt wird es gelingen.«

Die ersten Meter waren die schlimmsten. Schweigend kämpften sie sich den Hang hinauf, keuchten und wankten. Manchmal taumelten sie vor Überanstrengung einige Meter rückwärts, aber Islam Bai gab nicht auf. Der Alte stöhnte. Hedin hörte die verzweifelten Schmerzenslaute neben sich, aber er drehte den Kopf nicht. Er fühlte sich jetzt selbst erschöpft und spürte alle Muskeln. Solange Jolltschi in Bewegung blieb, ging es ihn nichts an. Das waren Dinge, die ein Mann mit sich selber auszumachen hatte.

Der Hang schien ihnen unendlich hoch. Zuweilen machten sie eine Pause und jedes Mal war es ihnen, als hätten sie sich während der letzten Viertelstunde auf der Stelle bewegt. Bei jedem Schritt versanken sie bis über die Knöchel im Sand und rutschten um die halbe Strecke zurück.

Sie brauchten fast eine halbe Stunde, ehe sie den Kamm erreichten. Stumm, mit keuchendem Mund, standen sie, die Rücken gegen das zitternde Kamel gelehnt: drei einsame Männer, allein vor dem bleiernen Himmel und der leeren Sandwüste. Dann wurden sie sich plötzlich ihrer Lage bewusst und lösten sich von dem Kamel, als hätte man sie bei etwas Verbotenem ertappt.

»Gehen wir«, murmelte Hedin und tappte weiter, ohne die anderen anzusehen. Nach einigen Metern hörte er schlurfende Schritte hinter sich und wusste, dass die Karawane folgte.

Als sie an diesem Abend Halt machten, hatten sie nicht mehr als dreizehn Kilometer zurückgelegt. Islam Bai fand eine Mulde, breit genug, um der gesamten Karawane Platz zu bieten, einen Ort, den der Wind vom Sand blank gefegt hatte. Die rissige Erde war so trockenhart, dass niemand auch nur den Vorschlag machte, hier nach Wasser zu graben.

Niemand sprach während der ersten Stunde. Die aufs

Äußerste ermatteten Männer hockten mit gesenkten Köpfen und hochgezogenen Knien um das kleine Dungfeuer, jeder mit seinen Beschwerden und Schmerzen beschäftigt, und warteten auf den Tee. Sie hatten ihre bescheidene Mahlzeit längst beendet; einige rauchten, die anderen starrten leer vor sich hin.

Schließlich teilte Islam Bai selbst den Tee aus, für jeden zwei Becher. Auch Jolldasch, der den Karawanenführer dabei auf jedem Schritt begleitete und keinen Blick von dem dampfenden Gebräu ließ, und sein Gefährte, zusammen mit dem Schaf, erhielten ihren Anteil.

»Oh Mohammed, ist das einsam hier«, sagte Kasim zu Muhammed Schah.

»Wird auch noch eine Weile so bleiben«, murmelte der Treiber zwischen zwei geräuschvollen Schlucken. »Die Zeichen stehen nicht gut, sage ich dir . . .«

»Was habt ihr eigentlich?« Der Karawanenführer blies in seinen Tee. »In zwei Wochen ist alles vorüber und dann seid ihr glücklich, dass ihr dabei wart, als die Takla-Makan bezwungen wurde«, erklärte er und warf jedem der beiden Hunde ein daumengroßes Stück Kandiszucker zu. »Seht euch die beiden hier an! Von ihnen können wir alle etwas lernen. Sie schlagen sich den Magen voll, solange es etwas zu fressen gibt, und sie hungern, wenn es unvermeidlich ist. Das Morgen kümmert sie nicht . . . Und haben sie nicht Recht, Brüder?«

Er blickte die Treiber der Reihe nach mit einem Zustimmung heischenden Grinsen an. Doch die Männer vermieden seinen Blick.

»Schließlich sind wir auch keine Hunde«, murmelte Kasim.

»Ja, seit sie von dir das Wasser erhalten, sind sie deine

Freunde! Das hast du erreicht.« Muhammed Schah klatschte sich in jäher Begeisterung auf die Schenkel. »Sieh dir nur Jolldasch an! Du wirst ihn nicht mehr loswerden, sage ich dir.«

Jetzt lachten auch die anderen.

»Kennt ihr die Geschichte, wie Jolldasch die Bekanntschaft eines Wildesels machte?«, fragte Islam Bai und blickte dabei in die Runde.

»Ahäääh, was hast du heute, dass du so gesprächig bist?«, fragte Jolltschi misstrauisch. »Ich bin nicht neugierig.«

Doch die Männer achteten nicht auf den Buckligen. »Erzähle!«, schallte es durcheinander. »Erzähle!«

»Er kam zu uns, als wir am Karakulsee lagerten. Das war im östlichen Pamirgebiet. Er trottete hinter einem Trupp chinesischer Reiter her, sah uns, zögerte, lief weiter und kehrte plötzlich um. Er hatte sich für unsere Karawane entschlossen – was, wie ihr zugeben müsst, nur für seine Klugheit spricht . . . Er war so mager, dass die Rippen scharf vorstanden, und so struppig, als hätten sich sämtliche Reiter regelmäßig die Stiefel an ihm geputzt. Wir gaben ihm den Namen, den ihr alle kennt . . .«

»Jolldasch«, sagte Muhammed Schah. »Nicht gerade ein seltener Name. Ich kenne mehr als ein Dutzend Hunde, die alle auf Jolldasch hören.«

»Und warum nicht? ›Reisekamerad‹, für uns war der Name gut genug«, erklärte Islam Bai.

Wieder lachten alle.

»Was ist er eigentlich für eine Rasse?«, fragte Kasim gedehnt. »Wenn man ihn so sieht, fühlt man sich an vieles erinnert. Aber wahrscheinlich kommt er von weit her . . .«

Erneut lachten die Männer.

Islam Bai schüttete einen Schluck Tee hinunter, leckte sich die Lippen und sah den Hund gedankenvoll an, der aufmerksam neben ihm hockte und mit gespitzten Ohren reihum blickte. Irgendwie schien er zu spüren, dass er in den Mittelpunkt des allgemeinen Interesses gerückt war.

»So ganz ist mir's niemals klar geworden«, gestand der Karawanenführer nachdenklich. »Einer seiner Vorfahren stammt aus dem Pamirgebiet, das steht fest, Brüder . . . Ein kirgisischer Hirtenhund war da schon beteiligt . . . Aber natürlich steckt da noch mehr dahinter. Karawanenhunde haben wenig Zeit. Sie können immer nur flüchtige Bekanntschaften schließen . . . Seht euch seinen Körper an! Er ist kraftvoll und geschmeidig zugleich. Ich habe schon russische Windhunde gekannt, die sahen ganz ähnlich aus . . .«

Nun ging es mit ihnen durch. Ihre heiseren Stimmen bebten in einem wilden Gelächter. Sie warfen sich hin und her, beklopften einander den Rücken und keuchten und schnauften vor Begeisterung. Jedes Mal, wenn einer irgendetwas sagte, begann es von neuem, kam es zu noch stärkerem Lachen. Selbst Islam Bai blieb davon nicht ausgeschlossen.

»He, und wie war das mit dem Wildesel?«, fragte Muhammed Schah.

»Erzählen!«, rief Kasim und spuckte unternehmend an Jolltschis Schulter vorbei ins Dunkel. »Los, erzählen!«

»Ahääh, schert euch zur Hölle, verfluchtes Weiberpack!«, sagte Islam Bai gedehnt. Aber dann begann er doch zu berichten.

»Das war an einem Wintermorgen, die Sonne war blass und kränklich. Da machten wir die Bekanntschaft eines Wildesels, eines Einzelgängers, der es nicht in der Herde ausgehalten hatte – graugelb und dunkelrot auf dem Rücken und weiß am Bauch. Ich weiß nicht, was in seinem Kopfe vorging, aber er schien an diesem Morgen gut aufgelegt und zu Späßen bereit zu sein. Jedenfalls lief er fast zwei Stunden ständig vor uns her, bald im Trab, bald im Galopp, fraß ein paar Gräser, lief ein Dutzend Schritte weiter und zupfte dort an einem Büschel.«

»Er hatte keinen Hunger, Brüder«, bestätigte Kasim.

»Offensichtlich wollte er uns zum Besten halten – falls Esel so etwas können. Immer wieder stieß er in kurzen Abständen einen schrillen, triumphierenden Eselsschrei aus – gellend und misstönend, sage ich euch, wie es nur ein Esel kann. Dazu reckte er seinen kurzen Eselschwanz steil in die Höhe und beäugte uns mit verachtungsvoller Genauigkeit. – Der Prophet verbanne seine Seele in die tiefsten Tiefen der Hölle!«

Islam Bai nahm einen Schluck und spülte den Mund mit Tee.

»Weiter!«, drängten die Männer. »Weiter, Bruder!«

»Schon gut, schon gut!, sage ich. So ging es also weiter und immerzu fort, bis Jolldasch fand, nun sei es genug.«

Der Karawanenführer besaß eine heisere, fast krächzende Stimme, aber er verstand es, damit geschickt auf die Leute zu wirken. Er sprach mit ihnen im Dialekt der Stämme, aber auf eine sonderbar zögernde Art, als wenn er, innerlich nach dem rechten Wort suchend, sich erst mühsam jeden Satz ertasten müsse. Ganz sicher ging der Gedanke bei ihm dem Wort nur um eine Winzigkeit voraus, denn der gewählte Ausdruck war stets von großer Einfachheit, was ihm jedoch etwas Aufrichtiges und zugleich Packendes gab.

»Der Hund hatte also beschlossen, nun sei es genug«,

fuhr er fort. »So setzte er dem Esel plötzlich nach und dieser jagte davon, so schnell er es überhaupt vermochte – wahrscheinlich weil er ihn für einen Wolf hielt, denn Wölfe gibt es eine Menge in dieser Gegend, wie ihr euch leicht überzeugen könnt. Doch dann begann Jolldasch, den der rasche Sieg übermütig gemacht hatte, zu bellen. Das machte den Wildesel stutzig, wahrscheinlich weil Wölfe sich niemals so benehmen. Jedenfalls hielt er ganz plötzlich an, drehte sich herum und schaute den verblüfften Hund an, der gleichfalls sofort stehen blieb. Das bestärkte den Wildesel, der ganz sicher kein Dummkopf war, in seiner Überzeugung, einem Irrtum aufgesessen zu sein – und er ging nun seinerseits zum Angriff über.«

»Herrlich! Einmalig . . .«, riefen die Männer. »Weiter! Erzähle weiter, Bruder . . .«

Islam Bai winkte ab. »Es fühlte sich jetzt der Wildesel als der Stärkere von beiden. Er jagte Jolldasch entgegen, drehte sich dann mit einer blitzschnellen Kehrtwendung um und warf die Hinterhufe hoch. Der Steppenboden spritzte nur so um die beiden. Eine Scholle traf den Hund an der Schnauze. Der schrie auf, machte kehrt – und nur seine Schnelligkeit rettete ihm das Leben. Denn einen Atemzug später war der andere heran. Der schrille Triumphschrei des rotbraunen Wildesels klingt mir noch heute in den Ohren . . .«

Die letzte Bemerkung schien den Männern besonders gut zu gefallen. Sie hielten sich am Boden fest, während sie lachten. Es schüttelte sie förmlich. Ihr Gelächter hallte weit in die asiatische Wüste. Sobald jemand von ihnen nur den Mund aufmachte, brüllten auch die anderen wieder los. Es war ein wildes, fast hysterisches, nicht weit von Tränen entferntes Gelächter.

Doch es hielt nicht an und eine halbe Stunde später suchten sich die Männer, einer nach dem anderen, ein Nachtlager. Da keine Gefahr bestand, auf räuberische Nomaden zu treffen, verzichtete Islam Bai auf eine Wache.

Am nächsten Morgen machte Hedin dann die schreckliche Entdeckung, die aller Leben verändern sollte. Er stellte fest, dass die Kanister sehr viel weniger Wasser enthielten, als nach dem Verbrauch zu erwarten war.

Islam Bai brüllte fast vor Wut und Verzweiflung, als er davon erfuhr. Sein dünner Mund war weiß und verzerrt. Er schlug mit der Faust mehrere Male in seine Handfläche.

»Diese Idioten . . . Diese von Gott verlassenen Idioten . . . «, murmelte er. Dann sprach er mit den Männern und sie wiesen ihn an Jolltschi. Offensichtlich hatte der Bucklige mit Vorwürfen gerechnet. Sein Körper war zusammengesunken. Die Augen unter den schweren Brauen zeigten einen verschlagen wachsamen Ausdruck.

»Was ist mit dem Wasser?«, fuhr ihn Islam Bai an.

»Wir haben nur noch für zwei Tage Wasser . . . Für zwei Tage – und nichts mehr darüber hinaus . . .«

Die Männer schritten aufgeregt und wütend in der Mulde umher. Sie waren außer sich über die Plötzlichkeit, mit der die Wasserknappheit für sie alle zur Lebensfrage geworden war.

»Was regt ihr euch auf!«, verteidigte sich der Alte. »Allah ist mein Zeuge, wir brauchen nicht mehr Wasser! Vom See bis zum Khotan-Darja sind es vier Tagesreisen. Nicht mehr als vier Tagesreisen!«, rief er mit seiner dünnen Stimme. »Was also wollt ihr? Die Kamele sind sowieso überlastet.«

»Trotzdem!«, behauptete Islam Bai. »Hattest du das zu bestimmen?« Sein Zorn übermannte ihn. »Du hast nur zu tun, was man dir sagt. Wohin kommen wir, wenn jeder selbstständig über die Karawane entscheidet!«

Muhammed Schah starrte ihn voller Furcht an. »Wie konntest du so etwas tun! Wir alle hätten jetzt noch genügend Wasser!«

Jolltschi war unbewusst einen Schritt zurückgetreten. Durch die Wucht ihrer Empörung fühlte er sich augenblicklich in die Verteidigung gedrängt. »Ich sage euch, Leute, haltet den Mund! Ich befehle es!«, rief er mit seiner dünnen, scharfen Stimme.

Hedin zögerte und blickte ihn an. »Nun gut, wir wollen es damit genug sein lassen«, erklärte er. »Was Jolltschi sagt, stimmt mit meinen Karten überein. Wahrscheinlich hat er Recht und wir brauchen das Wasser tatsächlich nicht. Trotzdem hätte er nicht selbst darüber entscheiden dürfen. Das war meine Sache oder die des Karawanenführers.«

»Und was werden wir jetzt tun?«, fragte Muhammed Schah.

Hedin dachte nach. »Es stehen uns zwei Möglichkeiten zur Wahl, soweit ich sehe.«

»Wir könnten umkehren – ganz einfach umkehren aus der Befürchtung heraus, dass das Wasser nicht bis zum Khotan-Darja reichen wird. – Wir könnten aber auch die Reise fortsetzen . . .«

». . . wir kehren um«, sagte Muhammed Schah. »Alles andere ist zu gefährlich.«

»Unsinn!«, fuhr Jolltschis dünne Stimme dazwischen. »Nicht umkehren! Wir setzen den Weg fort.«

»Ja, fortsetzen«, sagte Islam Bai.

»Und wie denkst du darüber, Herr?«, fragte Kasim.

Hedin zuckte die Schulter. »Mein Wort gilt hier nicht mehr als eures. Aber da ich fest davon überzeugt bin, dass wir schon mehr als die Hälfte des Weges zurückgelegt haben, bin ich der Meinung, wir sollten den Weitermarsch riskieren und nicht umkehren.«

»Richtig, Erhabener!«, rief Kasim. »Das denke ich auch.« Die Stimmen der Männer schallten durcheinander. »Weiter! Los, Brüder!«

»Halt! Da ist noch etwas, ehe wir aufbrechen«, sagte Hedin. »Wir müssen mit den Wasserreserven äußerst sparsam umgehen. Das heißt: Es wird, ehe wir den nächsten Brunnen erreichen, noch weniger Wasser als bisher geben. Die Kamele erhalten vorläufig überhaupt nichts mehr. Das ist hart, ich weiß es, aber unvermeidlich.«

Hedin schwieg und blickte die Treiber der Reihe nach an. Niemand widersprach und eine Viertelstunde später nahm die Karawane den Marsch erneut auf.

Hedin folgte Islam Bai. Ein leichter Wind heulte stetig über den Sand, allerdings nicht stark genug, um den mehligen Staub über die Knie hinaus aufzuwirbeln. Die Luft, die sie einatmeten, war trocken und stechend und brachte keine Erfrischung – eine scharfe Hitze, die ihnen die Lungen zu zerschneiden schien.

Hedin ertappte sich dabei, wie er die Schritte zu zählen begann. Jedes Hundert war ein Gewinn, jedes Tausend musste die Hoffnung auf Rettung vergrößern. Er wusste, was er tat, war völlig unsinnig; aber sein Verstand war machtlos dagegen. Hinter ihm tappten die Männer in einer weit auseinander gezogenen Reihe neben den Kamelen her. Sie gaben seufzende, abgerissene Laute von sich, die ihre Kehlen folterten. Peinvoll bewegten sie sich fünfzig, achtzig oder auch hundert Meter vorwärts, dann machten sie eine Pause, standen wankend auf den gespreizten Füßen und ihre Schultern hoben und senkten sich in dem quälenden Bemühen nach Sauerstoff unter dem bleiernen Himmel. Aus Furcht vor einer Rast, die sie nicht mehr loslassen würde, wagten sie es nicht, sich zu setzen, sondern tappten nach zwei oder drei Minuten wieder vorwärts und schlurften eine kurze Strecke weiter durch den weißen Sand. Wenn es bergauf ging, versagten sie und blieben, die Kamele am Halfter haltend, stehen. Ihre Beine schienen unfähig, auch nur einen einzigen Schritt vorwärts zu tun, bis sie sich schließlich nochmals zusammenrissen, in Bewegung setzten, wenige Schritte machten, um dann aufs Neue stehen zu bleiben und blind ins Leere zu starren.

Bergabwärts zitterten ihre Oberschenkel vor Anstrengung, wenn sie die Füße in den Sand stemmten, um nicht hinabzurutschen, und ihre Beinmuskeln verkrampften sich, dass sie vor Schmerz aufstöhnten. Immer häufiger verspürten sie Lust, sich hinzuwerfen, aufzugeben und für den Rest des Tages in Sande liegen zu bleiben.

So schleppten sie sich weiter und weiter. Die Dünen erreichten jetzt Höhen bis zu fünfzig Meter. Beschwerlicher noch war der Anstieg für die müden Kamele. Langsam, unaufhaltsam schwand die Willenskraft. Auch Hedin spürte die Erschöpfung stärker. Zuweilen konnte er minutenlang vor Übelkeit nichts sehen und ein galliger Geschmack füllte seinen Mund. Seine Füße waren bisweilen völlig gefühllos und er war einem Zusammenbruch nahe. Noch hundert Schritte, dann würde er eine Rast einlegen. Nach den hundert Metern kämpfte er um weitere hundert und wieder um hundert.

Schließlich sank er auf einem Dünenkamm zusammen. In seinem Körper brütete ein trockenes Fieber und er fühlte sich so erschöpft, als habe er mit einem Manne, der viel größer und kräftiger war als er selbst, einen langen, verzweifelten Ringkampf ausgetragen.

Plötzlich stellte er fest, dass keiner der Männer mit den Kamelen an ihm vorüberkam. Er zwang sich den Kopf zu heben und sah, dass alle wie auf ein geheimes Kommando hin gleichfalls Halt gemacht hatten. Sie mussten weiter! Sie konnten es sich nicht leisten, hier wertvolle Stunden zu verlieren. Er versuchte sich zu erheben, fühlte sich aber zu schwach und schüttelte den Kopf. Ich werde nur eine Viertelstunde rasten, sagte er sich; dann setzen wir den Marsch fort. Eine Viertelstunde! Seine Augen starrten auf den nur wenige Zentimeter entfernten Boden. Die Zeit hing regungslos über ihm. Er spürte die Sonnenhitze auf dem Rücken, sank zusammen und verlor das Bewusstsein.

Drei Stunden später tauchte er allmählich aus seinem Erschöpfungsschlaf auf. Er lag regungslos und taumelte zwischen Wachsein und Schlafen. Jeder seiner Sinne schien sich vom anderen gelöst zu haben.

Lange Zeit lag er still und sein Bewusstsein blieb immer noch getrübt. Die Sonne brannte ihm auf den Rücken und hüllte seinen Körper in angenehme Wärme. Dann wurde sein Verstand klarer und er war entsetzt, als er feststellte, dass er noch immer auf dem Dünenkamm lag. Er sprang auf die Füße, zerrte das Kamel empor und rief:

»Los, Leute, aufstehen!« Es kam keine Antwort und er rief erneut.

»Vorwärts! Wir müssen weiter!«

Sie setzten die mühselige Reise bis zum Abend fort.

Auf einem kleinen Fleck leer gefegten Lehmbodens lagerten sie schließlich. Niemand sprach, während sie die Kamele abhalfterten und entluden. Hedin verzichtete auf sein Zelt. Jeder erhielt eine Ration Wasser, die Islam Bai abmaß, auch die beiden Hunde und das Schaf; nur die Kamele gingen leer aus. Sie schliefen alle unter freiem Himmel, obwohl die Nächte noch immer kalt waren, besonders in den Stunden nach Mitternacht.

Hedin erwachte noch vor Sonnenaufgang. Lange Zeit lag er unter seiner Decke und grübelte. War es richtig gewesen, den Marsch fortzusetzen? Auch als er erkannte, dass ihr Wasservorrat nur noch für zwei Tage ausreichen würde? Er zögerte. Sicherer wäre die Umkehr gewesen. Aber hätte sie nicht das Ende der Reise überhaupt bedeutet? Die Gefahr wäre nicht auszuschließen gewesen. Er hatte sich stattdessen für die risikoreichere Strecke entschieden und nun war es einfach zu spät, um diese Entscheidung wieder umzustoßen. Jetzt blieb ihnen nichts weiter, als durchzuhalten und die Zähne zusammenzubeißen. Unabhängig davon, was in den nächsten Tagen noch an Misshelligkeiten auf sie zukommen sollte.

Alles wäre so viel einfacher, wenn sie irgendwo während der nächsten Stunden auf Wasser stoßen würden. Doch damit war nicht zu rechnen, das wusste er. Es brauchte nicht einmal ein besonders ergiebiger Brunnen zu sein. Wenn sie nur die Kamele tränken konnten. Zehn Liter für jedes Tier würde genügen.

Er legte sich auf den Rücken und verschränkte die Arme hinter dem Kopf. Nichts rührte sich ringsum und er starrte blicklos in den schwarzen Himmel. Oft gab es an den sonderbarsten Plätzen Wasser, Orten, an denen man es unmöglich vermuten konnte, das wusste er von vielen Gesprächen der Nomaden. Warum sollten sie ihr Glück nicht auch versuchen? Darin steckte der Kern einer neuen Idee. Wie aber konnte man es machen? Der Boden, auf dem sie lagerten, war frei von Sand. Und wenn sie es hier wagten? Und warum nicht? Warum sollten sie nicht hier graben? Der Rastplatz war so gut wie jeder andere. Vielleicht sogar besser.

Eine vage Möglichkeit hatte sich ihm eröffnet und er klammerte sich sofort daran, nur in dem Bewusstsein, eine neue Idee zu haben. Er stand auf, schlüpfte in die Sandalen und tappte über den Rastplatz an den Kamelen und schlafenden Männern vorüber. Die meisten lagen zusammengekrümmt am Boden und murmelten im Traum.

Es war durchaus möglich, stellte er fest. Warum sollten sie nicht versuchen einen Brunnen zu graben? Die weit geschwungene Kammlinie der Dünen um sich herum empfand er wie einen dunkleren Saum am Nachthimmel. Die Dämmerung kroch nur unendlich langsam über die Hügel näher. Plötzlich spürte er etwas Feuchtes, Kaltes an seiner Hand. Die beiden Hunde waren erwacht und ihm nachgekommen. Wahrscheinlich hofften sie auf Wasser und einen Augenblick lang war er versucht ihnen die Schüssel zu füllen. Auf das wenige Wasser, das die beiden tranken, würde es nicht ankommen. Aber dann dachte er daran, was die Männer sagen würden, wenn sie ihn an dem Kanister sahen. Mussten sie nicht annehmen, dass er sie betrog?

»Es tut mir Leid«, sagte er zu den Hunden. »Ich darf euch nichts geben. Es geht nicht. Ihr müsst noch warten.«

Hatten sie ihn verstanden? Er spürte das Klopfen ihrer Schweife an seinen Beinen.

»Aber wir graben nach Wasser«, tröstete er. »Wahrscheinlich gibt es schon bald Wasser für euch.«

Das Licht fraß sich als fahler Hauch über den Himmel. Er setzte sich wieder nieder und wartete. Gegen vier Uhr, als die Wüste heller wurde, konnte er den Kamm der weißen Dünenreihe, die den Rastplatz einfasste, klar erkennen.

Alles um ihn herum wurde jetzt deutlicher, aber es war ein langsamer Vorgang. Noch blieb die Sonne verborgen und das Licht schien sich vom Boden her als sanfter rosiger Schimmer zu erheben. Nun konnte er die Körper der schlafenden Männer um sich erkennen. In dem frühen Licht sahen sie hager, grau, alt und verbraucht aus.

Hedin zuckte zusammen, als er ein Geräusch hinter sich hörte. Es war Islam Bai, der sich nervös den Kopf rieb.

»Verflucht, keinen Schlaf«, murmelte er benommen, mehr zu sich selbst als gegen Hedin gewandt. »Tagsüber kommt man fast um vor Hitze . . . und nachts, oh Allah, da friert man bis ins Mark hinein . . .«

»Jaaa, jaa . . .« Hedin nickte. Er war an solchen Bekenntnissen, die er zur Genüge kannte, nicht interessiert. »Was mich beschäftigt, ist die Frage nach Wasser . . .«

»Wasser? Schön wäre es wieder einmal.«

Islam Bai kam schwerfällig heran. Er war vor zwei Stunden aufgewacht und hatte seitdem keinen festen Schlaf mehr gefunden. In den ausgekühlten Decken hatte er gefroren und sich für den Rest der Nacht nervös hin und her geworfen. Selbst die Dämmerung hatte ihm keine echte Beruhigung gebracht. Nun war es zu spät, um noch einmal einzuschlafen.

»Wir sollten unbedingt heute versuchen unsere Wasservorräte zu ergänzen«, sagte Hedin.

Der Turkmene nickte. »Schon recht . . . Aber niemand von uns kann zaubern.«

»Was hältst du davon, wenn wir hier unser Glück versuchen und einen Brunnen graben? Der Boden ist frei von Sand –«

»Aber völlig trocken. An einigen Stellen sogar gerissen vor Trockenheit«, murmelte der Karawanenführer und scharrte mit dem Fuß in der dünnen Flugsanddecke.

»Das sehe ich. Es muss aber nicht bedeuten, dass wir nicht in einiger Tiefe auf Wasser stoßen könnten.«

»Immerhin können wir es versuchen, Ehrwürdiger.« Islam Bai stieß einen seltsamen Laut aus und blickte Hedin an. »Bei Allah, wir sollten es tatsächlich versuchen! Vielleicht ist es die Rettung! Wir hätten es sogar schon gestern tun sollen. – Was denkst du, soll ich jetzt die Männer wecken, Herr?«

»Ich denke schon.« Hedin nickte. »Wir sollten rasch beginnen und arbeiten, solange es noch kühl ist. Aber mache es so bei den Männern, dass sie nicht alle Hoffnungen auf den Brunnen setzen. Es ist immerhin möglich, dass das Ganze ein Reinfall wird und wir kein Wasser finden.«

»Ich verstehe. Gut«, entschied er. Er stand auf und schritt zu den in ihre Decken und Mäntel gewickelten Männern. Einige räkelten sich bereits am Boden und gähnten.

»Aufstehen! Wollt ihr Wasser, Brüder? Gutes, sauberes, kühles Wasser . . . Wisst ihr überhaupt noch, wie das aussieht . . . Aufstehen!«

Kasim grunzte und setzte sich auf. Er stieß ein dumpfes Knurren aus, fast ein Stöhnen, und starrte die Dünen an. Er hatte einen stets wiederkehrenden Traum geträumt, am Ufer eines Flusses gelegen und darauf gewartet, dass eine Welle bis zu ihm vordrang. Er fühlte sich durstig. Er war fast verrückt vor Durst, konnte jedoch nicht das Wasser erreichen, sosehr er sich auch mühte. Seit zwei Tagen hatte er solche und ähnliche Träume immer wieder gehabt.

Er rieb sich die Augen. Die Dünen waren noch an ihrem Platz. Kein Fluss rauschte vorüber. Es überraschte ihn, denn der Traum war so überzeugend gewesen. »Jaaa, was ist . . . Ist etwas?«, fragte er.

»Wasser!«, sagte Islam Bai. »Heute gibt es Wasser.«

Mechanisch schlug Kasim die Decke von seinen Füßen zurück und begann den Mantel zusammenzufalten. Islam Bai beobachtete ihn gelassen. Er blickte nach seinem Kamel und stellte fest, dass es noch am selben Ort lag. Es schien sich in den letzten Stunden nicht bewegt zu haben. Kein gutes Zeichen, wusste er.

»Warum zum Teufel habt ihr mich nicht früher geweckt?«

Auch Muhammed Schah richtete sich auf. »Gehen wir heute zurück, was?«, fragte er.

»Bist du von Sinnen, Alter! Wir können nicht mehr zurück. Das ist endgültig vorbei.« Jolltschi zeigte seine gelben Zähne und lachte in einem höhnischen Gemecker. »Wir setzen den Marsch fort. Wir müssen, ob es uns nun gefällt oder nicht. Morgen werden wir den Khotan-Darja erreichen, ich verspreche es.«

»Besser du hältst den Mund.« Muhammed Schah drehte dem Buckligen das hagere, abgezehrte Gesicht zu. »Alles wäre viel leichter für uns, hätten wir nicht auf dich gehört. Wenn es hier einen Schuldigen gibt, bist du es. Alles wusstest du besser und nichts von dem, was du versprochen hast, hat sich erfüllt. Allah strafe dich dafür!«

Jolltschi wollte zu einer scharfen Antwort ansetzen, doch Islam Bai mischte sich ein.

»Nun ist es genug! Schluss mit dem Streit!« Seine Stimme brachte alle zum Schweigen. »Wir brauchen Wasser. Wir sind alle durstig – der eine mehr, der andere weniger. Darüber brauchen wir erst gar nicht zu reden. Vielleicht werden wir morgen tatsächlich den Khotan-Darja erreichen – kann schon sein. Kann aber auch nicht sein. In jedem Falle will ich aber schon heute Wasser.«

»Er will heute schon Wasser, hört ihr das!«, lachte Jolltschi. »Ist das nicht köstlich? Er will Wasser, sagt er.«

»Wasser! Oh Allah, wer will das nicht«, flüsterte Muhammed Schah.

»Wasser . . . Mein Gewehr ist alt und kostbar. Ich erhielt es von meinem Vater, den Allah segnen möge, und er erhielt es wieder von seinem Vater, möge ihm das Paradies leicht werden! Ich gäbe es dennoch her für einen Eimer Wasser. Für einen einzigen Eimer Wasser . . .«

»Ist Islam Bai vielleicht ein Zauberer?«, rief Jolltschi in übertriebener Belustigung. »Er will schon heute Wasser, soll er es sich doch holen!«

»Sei still!«, sagte Islam Bai. »Mit dir rede ich nicht. – Also, wenn ihr wirklich so durstig seid, warum sorgt ihr nicht für Wasser? Warum holt ihr es euch nicht?«

»Wo denn?« – »Warum sagst du nicht, was du willst?« – »Lasst ihn doch ausreden, Brüder! Soll er doch den Mund aufmachen!«, schallten die Stimmen durcheinander.

Islam Bai sah die Männer mit zusammengekniffenen Augen an. Sein Blick wanderte mit berechneter Langsamkeit von Gesicht zu Gesicht. Dann grinste er ein wenig, zeigte die Zähne und Hedin sah, wie sehr er diese Sekunde genoss.

»Ich weiß nicht, wie ihr darüber denkt, Brüder – und ob ihr überhaupt denkt. Aber ich frage mich die ganze Zeit, warum graben wir uns nicht einen Brunnen, wenn wir durstig sind. Das ist doch das Einfachste. – Drei oder vier Stunden Arbeit sind besser als zwei oder drei Tage Fußmarsch durch die Wüste, die Allah verflucht haben muss in seinem gerechten Zorn.«

»El Hamdullilah! Preis sei Gott, dem Weltenherrn! Er sagt es«, rief Kasim. »Er sagt es! Das ist die Rettung, Brüder! Wir graben einen Brunnen . . . Gebt mir einen Spaten, ich mache den Anfang . . . Preis sei Allah! Wir graben einen Brunnen.«

»Also gut, du beginnst. Wir graben der Reihe nach«, entschied Islam Bai. Er hatte inzwischen einen der Spaten losgeschnallt und warf ihn Kasim zu. »Gerade da, wo du stehst, beginnen wir.«

Hedin hatte sich zurückgehalten. Er empfand ein sonderbar gemischtes Gefühl aus Erleichterung und Besorgnis. Er war froh, als Kasim zu graben begann. In wenigen Stunden konnten sie tatsächlich ihre Wasservorräte füllen und morgen den Marsch mit neuen Kräften fortsetzen, wenn sie Glück hatten. Aber würden sie Glück haben? Die Chancen waren nicht sehr groß, musste er zugeben. Nicht die Andeutung eines Pflanzenwuchses zeigte sich in der Mulde und die Sprünge waren alt und tief, soweit er das feststellen konnte. Was aber würde geschehen, wenn sie kein Wasser fanden? Die Enttäuschung der Männer, sie musste noch schwerer wiegen als die verbrauchten Energien, dazu die erschöpften Kamele, die einen weiteren Tag ohne Wasser würden auskommen müssen. Nichts würde wieder so sein, wie es jetzt war . . . Egal, er brauchte das Wasser und er musste daran glauben. Er drängte alle anderen Vorstellungen beiseite.

Kasim schaufelte wie ein Gehetzter, ohne sich eine Minute der Erholung zu gönnen. Nach einer Stunde beugte er sich vor und keuchte: »Bei Allah, ich glaube, der Sand wird feucht.«

»Feucht? – Was sagst du da?«, fragte Islam Bai. »Rede keinen Unsinn! Der Boden kann jetzt noch kein Wasser enthalten, sonst müsste es hier irgendeinen Pflanzenwuchs geben. – Zeige her!«

Kasim brachte eine Hand voll Erde aus dem quadratischen Loch, das er inzwischen ausgehoben hatte, empor und jeder prüfte den Sand.

»Was hältst du davon?«

Islam Bai kam heran. Hedin versuchte ruhig zu erscheinen; aber es fiel ihm schwer, die geheime Erregung, die auch ihn gepackt hatte, nicht zu zeigen.

Er zerrieb den zusammengebackenen Klumpen zwischen den Fingern zu Staub. Dann lächelte er. Er wollte die allgemeine Aufregung nicht noch weiter anfachen.

»Wenn er einmal feucht war, was sich nun nicht mehr feststellen lässt, dann ist er es jetzt, nachdem er durch so viele Hände gewandert ist, natürlich nicht mehr. – Warum warten wir nicht noch etwas? So schrecklich eilig haben wir es nun auch wieder nicht.«

Eine Viertelstunde später übernahm Islam Bai den Spaten. Der Wall aus aufgeworfener Erde begann bereits lästig zu werden und Hedin machte sich daran, ihn beiseite zu schaffen. Schließlich banden sie einen der Eimer an einen Strick und hangelten damit die lose Erde aus dem Loch.

Ein wahrer Feuereifer hatte die Männer erfasst. Auch die Hunde schienen begriffen zu haben, dass hier nach Wasser gegraben wurde, denn sie wichen nicht von der Spitze des Walls. Sogar das Schaf erschien, von Jolldasch angesteckt, und blickte mit sanften Augen in die Tiefe. Die Treiber wechselten sich regelmäßig ab. Wahrscheinlich hatte keiner von ihnen jemals in seinem Leben mit solchem Eifer gearbeitet. Sie schwitzten und gruben, als würden sie verfolgt.

Hedin füllte eine große Kanne mit den letzten Reserven aus den Kanistern. Da die Kamele das Gras, mit dem die Blechbehälter gegen die Sonnenhitze isoliert gewesen waren, vor Hunger längst abgefressen hatten, besaß das Wasser eine Temperatur von fast dreißig Grad. Er packte darum die Kanne in feuchten Sand und stellte sie im Schatten ab, sodass die Männer nach Belieben trinken konnten.

Den ganzen Vormittag über gruben sie mit einem geradezu wütenden Eifer und setzten am Nachmittag, nach einer kurzen Pause, die Arbeiten fort. Sie hatten alle Kleidungsstücke bis auf die Hose abgelegt. Hedin schätzte die Tiefe, die sie inzwischen erreicht hatten, auf zwei Meter. Manchmal schien es, als müsse der nächste Spatenstich das Wasser freilegen. Der Gedanke versetzte die Männer in eine Spannung, die sie nicht mehr an ihren Plätzen hielt. Wenn sie nicht arbeiteten, umstanden sie den Schacht und starrten in die Tiefe. Nichts anderes zählte mehr für sie. In ihrer Erschöpfung stießen sie aneinander und waren sich gegenseitig im Weg.

Als es dunkel wurde, stellten sie zwei Kerzen in kleine Nischen, die sie in die senkrechte Brunnenwand gegraben hatten. Inzwischen waren sie bis zu einer Tiefe von drei Metern vorgedrungen und jeder wartete auf das Aufblitzen des ersten Wassertropfens.

Kasim arbeitete mit der Entschlossenheit der Verzweiflung. Seine Finger hatten sich mit Blasen überzogen. Der Spatenstiel rieb gegen die Handfläche, die dick geschwollen und aufgeplatzt waren, und presste den Schweiß in die Wunden. Schwerfällig und heftig ging der Treiber den Boden an, brachte sich durch seinen Starrsinn und die tiefe Erschöpfung selbst in Wut, stöhnte und fluchte und quälte sich weiter und weiter. Doch dann stockte er plötzlich, verhielt in der Bewegung und starrte stumm und mit vorgerecktem Kopf auf den Schachtboden, als könne er nicht fassen, was sich dort zeigte.

»Was ist? Was hast du?«, rief Hedin. Der Mund war ihm trocken geworden. Er glaubte die Antwort bereits zu kennen.

»So mach doch das Maul auf, zum Teufel!«, rief Islam Bai.

Kasim rührte sich nicht. Der Spaten war ihm aus der Hand geglitten. Plötzlich sank er mit einem halb erstickten Schrei gegen die Grubenwand.

»Oh Mohammed, er ist zusammengebrochen . . . Er kann nicht mehr«, flüsterte Muhammed Schah. »Es ist aus mit ihm . . .«

Hedin beugte sich vor. »Was ist denn, Kasim? So rede doch!«

»Der Sand . . . er –«

»Was ist mit dem Boden?«

»Er ist plötzlich wieder trocken . . . Es gibt kein Wasser . . .«

Nacheinander kletterten die Männer hinab, betasteten und beklopften den Boden und prüften die Erde im

Kerzenlicht. Niemand sprach dabei, kein Wort fiel. Aber ihre Bewegungen waren plötzlich langsam.

Sie schienen in den wenigen Stunden um Jahre gealtert. Alle Anstrengungen, alle Arbeiten umsonst! Ja, schlimmer noch – sie hatten einen vollen Tag sinnlos vertan und unersetzliche Kräfte dabei verbraucht. Hinzu kam die Wasserverschwendung. In der sicheren Erwartung des Wassers hatte niemand gespart und mehr getrunken, als er sonst in der dreifachen Zeit gewagt hätte.

Kasims schwerfällige Gesichtszüge waren noch schlaffer als sonst. Ihn hatte die Enttäuschung offensichtlich noch tiefer als die anderen getroffen. Sein Mund stand offen und die Unterlippe hing herab. Er atmete in ungleichmäßigem, keuchendem Rhythmus.

»Vorbei . . . Wir werden alle sterben, oh Allah . . .«, flüsterte er.

Die anderen hatten sich zu Boden geworfen. Sie lagen still, wie Tote fast, kam es Hedin vor, und starrten mit abgewandten Gesichtern ins Leere.

Er winkte Islam Bai heran und besprach sich mit ihm. In gewisser Weise hatte er die Männer veranlasst hier zu graben. Es war falsch gewesen, wie sich jetzt zeigte; aber niemand hatte das wissen können. In das leise Schuldgefühl mischte sich die Erkenntnis seiner Verantwortlichkeit. Unter allen Umständen musste er die Männer jetzt dazu bringen, den Marsch fortzusetzen. Sie durften nicht in dieser Mulde liegen bleiben, wenn die Expedition nicht in der Katastrophe enden sollte.

»Wie viel Wasser haben wir noch übrig behalten?«, erkundigte er sich.

Der Turkmene zuckte die Schulter. »Nicht mehr als für einen einzigen Tag, Erhabener. Es hat keinen Sinn, sich etwas vorzumachen.«

Hedin nickte. »Es muss für drei Tage reichen. Weiter kann es bis zum Khotan-Darja nicht mehr sein. Aber bis dorthin müssen wir mit dem Wasser auskommen, das wir noch haben.«

»Klar«, sagte Islam Bai. »Verstehe ich.« Er versuchte auszuspucken, brachte aber den Speichel nicht zusammen. Plötzlich grinste er. »Nicht einmal dafür reicht es mehr. Aber macht nichts! Es werden auch wieder andere Zeiten kommen.«

»Das denke ich auch. Wie viele Becher können wir täglich ausgeben?«, fragte Hedin. »Denke auch an die Hunde und an das Schaf!«

Islam Bai bewegte die Lippen, als versuchte er zu rechnen. »Sagen wir zwei Becher täglich für jeden von uns und für die Tiere einen.«

»Wie steht es mit den Kamelen?«

»Für sie gibt es auch weiterhin nichts. Sie haben seit drei Tagen nichts erhalten und dabei muss es bleiben.«

Hedin nickte. »Sie müssen eben bis zur nächsten Wasserstelle warten. Auch wenn wir dabei nicht alle Tiere durchbringen. Das ist bitter, lässt sich jedoch nicht ändern.«

»Richtig«, sagte Islam Bai. »Und da wir gerade von den Tieren reden: Wir müssen ihnen die Lasten erleichtern. Daran führt kein Weg vorbei und besser, wir tun es gleich heute.«

Der Untergang der Karawane

Am nächsten Morgen, nachdem die Kamele beladen waren, versammelte Hedin die Männer um sich.

»Es ist noch früh und wir haben einen weiten Weg vor uns«, sagte er ruhig. »Unterwegs gibt es keine Gelegenheit für lange Reden, darum sage ich es euch jetzt, was mir wichtig erscheint. Ich möchte, dass jeder bei den Tieren bleibt. Wer bummelt, tut es auf eigene Gefahr. Er kann nicht damit rechnen, dass wir umkehren und ihn holen. Dazu hat niemand mehr die Kraft. Wir sind knapp mit Wasser – jeder weiß es. Es kann aber auch nicht mehr weit bis zum nächsten Brunnen oder zum Fluss sein, denke ich. Trotzdem gibt es nur zwei Becher für jeden.«

Hedin zögerte, dann wandte er sich zu Islam Bai: »Gibt es noch etwas zu sagen?«

»Ja, da ist in der Tat noch etwas zu sagen.« Der Turkmene starrte die Männer unter gerunzelten Brauen an, während er an seinem ausgebleichten Turban fingerte.

»Ich möchte, dass jeder bei der Karawane bleibt. Wer sich in einer dieser Mulden verirrt, die sich gleichen wie die Finger einer Hand, verliert leicht die Richtung und hat nachher nur Ärger. Wir haben nicht mehr die Kraft, die Zeit – und auch die Lust, hinter den Nachzüglern herzulaufen. Macht euch das immer wieder rechtzeitig klar, dann wird es einfacher sein für euch.« Er machte eine Pause, um die Worte wirken zu lassen, und schob seinen breiten, geflochtenen Gürtel zurecht. »Denkt also daran! Vergesst es nicht«, sagte er eindringlich. »Ihr habt unter allen Umständen bei der Karawane zu bleiben! Das ist kein böser Wille, sondern nackte Notwendigkeit. Wir können keinen zurückschicken, um einen anderen zu holen, denn dann verlieren wir gleich zwei Leute. Was ich hier sage, ist eigentlich selbstverständlich. Trotzdem wollte ich, dass es jeder noch einmal hört . . . Also denkt daran: Wer erst einmal eine halbe Stunde hinter der Karawane ist, wird sie wahrscheinlich nie mehr einholen . . . So, und nun brechen wir auf. Möge Allah unser Führer sein, Brüder . . .«

Ein leises Gemurmel kam von den Männern, aber niemand antwortete offen, als sich Islam Bai abwandte und sein Kamel am Halfter nahm. Sie bildeten wieder eine Reihe, und Hedin schritt mit dem Karawanenführer voraus.

Stille schwebte über den Dünen, wohin sie auch blickten. In ihrer Tiefe und Eindringlichkeit wurde sie den Männern geradezu unheimlich. Gegen Mittag kamen die Tiere erheblich langsamer vorwärts. Die Sonne strahlte auf sie nieder und wurde von jedem Sandkristall zurückgeworfen, sodass es sie ständig aus vielen Richtungen blendete. Zwei Stunden später überzogen leichte Wolken den farblosen Himmel und dämpften die Sonneneinstrahlung ein wenig. Doch die Erleichterung dauerte nur kurze Zeit.

Unmerklich zunächst, dann immer rascher begannen die Dünen zu wachsen und erreichten schließlich Höhen von sechzig Metern. Sooft Hedin auch den Horizont absuchte, es gab nur Sand und immer wieder Sand. Eine Stunde vor Sonnenuntergang schreckten zwei Wildgänse, die nach Nordwesten flogen, die Männer aus ihrer Gleichgültigkeit auf. Begeistert starrten sie ihnen nach. Doch die Hoffnung, die alle jäh erfüllte, machte schon bald einer tiefen Ernüchterung Platz.

Was bedeuteten schon hundert oder auch zweihundert Kilometer für diese Vögel! Ihr Erscheinen kündete keineswegs das Ende der Wüste an.

An diesem Abend rasteten sie in einer Mulde zwischen zwei Dünen, einer unter tausenden ihrer Art, wie schon so oft während dieser Reise. Sie hatten schon die Tiere abgehalftert, als Kasim feststellte, dass Muhammed Schah und Jolltschi fehlten.

Islam Bai brüllte auf, als der Treiber ihm das Fehlen der beiden meldete. »Diese Idioten! Diese elenden Dummköpfe . . .«, schrie er. »Ich wusste, dass es so kommen würde. Aber ich dachte nicht, dass es so rasch geschehen könnte. Sollen sie sehen, wie sie herankommen.«

»Ich könnte eine Strecke auf unserer Spur zurückgehen«, schlug Kasim vor. »Es würde ihnen vielleicht helfen . . .«

»Nein«, sagte der Karawanenführer. »Auf keinen Fall! Sie werden es sich zur Gewohnheit machen und dann können wir bei jeder Rast erst einmal nach ihnen suchen.«

Eine halbe Stunde später tappten die beiden heran. Sie blickten niemand an und kauerten sich wortlos nieder. Was war mit den beiden Kamelen, die sie am Halfter geführt hatten?

»Was ist los? Warum kommt ihr so spät?«, fuhr Islam Bai sie an.

»Es ist nicht unsere Schuld«, murmelte Muhammed Schah. Hedin sah, wie die Lippen des alten Mannes vor Erschöpfung zitterten.

»Die Kamele stürzten. Wir versuchten sie wieder auf die Beine zu bringen . . .«

»Und weiter? So macht doch den Mund auf!«, drängte

der Karawanenführer. »Was geschah? Wo sind sie jetzt?«

»Sie kamen nicht mehr auf die Beine. Wir brachten sie nicht mehr aus dem Sand. Es war alles umsonst.« Eine wütende Erregung arbeitete plötzlich in dem Alten. Musste er sich allein rechtfertigen? Er wandte sich an Jolltschi: »Warum sagst du nichts? Du hast uns doch alle ins Unglück gebracht – du allein! Hätten wir nur nicht auf dich gehört!«

»Unglück, Unglück!«, sagte Jolltschi trotzig. »Ihr wolltet doch alle die Schläuche und Kanister nicht füllen! Es war euch zu viel Arbeit . . . Und jetzt bin ich es . . .« Er war sich seiner Argumente nicht mehr ganz sicher. Er vermochte auch die Reihenfolge der Ereignisse nicht mehr auseinander zu halten und wusste nicht, ob er Recht hatte. »Alle waren einverstanden«, sagte er schwach. »Ich glaube nicht, dass ich die Schuld trage . . .«

»So, du glaubst nicht, dass du eine Schuld trägst . . .«, äffte Islam Bai ihn nach. »Du glaubst es also nicht! Das ist ja sehr schön . . . Hör mal zu«, fuhr er in verändertem Ton fort, »solange du schon bei der Karawane bist, hast du nichts anderes getan, als dir Dinge auszudenken, die du besser machen könntest. Wenn es aber darum ging, echte Arbeit zu leisten, dann hast du gekniffen. Dann hast du stets eine Menge Ausflüchte bereit gehabt, um dich davor zu drücken . . .« Er starrte den Buckligen mit vorgerecktem Kopfe an. »Langsam habe ich jetzt genug von dir. Besser, du fällst mir nicht mehr auf in den nächsten Tagen – und bete darum, dass du bei der Karawane bleibst! – Und jetzt zu den Kamelen! Was ist mit den Tieren? Wo sind sie?«

»Verloren . . .«

Wieder einmal fühlte Jolltschi einen hilflosen Zorn auf sich selbst. Wie hatte er nur an dieser Reise teilnehmen können! »Ich weiß nicht mehr, wie es kam«, flüsterte er. »Sie gingen immer langsamer, dann blieben sie stehen und schließlich legten sie sich nieder . . . Nichts konnte sie mehr bewegen auch nur einen Schritt zu machen . . .« Seine Erregung war sogar noch stärker als seine Erschöpfung. Tränen der Schwäche und der Verzweiflung traten in seine Augen. Er wandte sich ab und legte sich nieder.

»Ja, so war es . . . Er hat Recht«, murmelte Muhammed Schah. In seine Erleichterung über Jolltschis Bekenntnis mischte sich Mitleid mit dem Buckligen. Er war froh, dass die Schuld für den Verlust nicht an ihm hängen geblieben war. Dennoch fühlte er sich für Jolltschi mitverantwortlich. Das Band, das die gemeinsamen Anstrengungen zwischen ihnen geknüpft hatte, als sie sich mit den sterbenden Tieren abquälten, bestand noch fort.

Islam Bai sprang auf die Füße. »Die Kamele sind also verloren«, brüllte er, »und alles, was sie bei sich trugen.«

Er war so wütend, dass er Jolltschi hätte schlagen mögen. Dann verließ er den Rastplatz, ohne noch etwas zu sagen, und suchte sich für die Nacht einen Schlafplatz zwischen den Kamelen.

Am nächsten Morgen wälzte sich ein schiefgrauer Wolkendunst, der ständig dicker und undurchdringlicher wurde, über den Horizont heran. Kraftlos, wie ertrunken glomm die Sonne hinter den Regennebeln.

Hedin war bestrebt nichts von der Hoffnung zu zeigen, die ihn plötzlich erfüllte. Ein kräftiger Regen würde das Ende aller Sorgen bedeuten, wusste er. Auch die anderen waren indessen aufmerksam geworden. Immer häufiger blickten sie zum Himmel empor.

»Oh Allah, es wird regnen, Brüder«, rief Kasim plötzlich. »Sein Segen über uns! Was denkst du, Herr?«

»Es sieht tatsächlich so aus, als bekämen wir Regen«, sagte Hedin. »Wir sollten vielleicht einige unserer Gefäße aufstellen.«

»Warum nicht!«, sagte Islam Bai. »Obwohl ich nicht an einen Regen glauben kann. Manchmal regnet es hier sechs und acht Jahre nicht. Warum also heute? So viel Glück haben wir nicht ...« Er war aufgestanden und hatte begonnen seine Decke zusammenzufalten; aber dann besann er sich und breitete sie wieder aus. »Hoffen wir, dass es einen Sinn hat, was wir tun.«

Auch die übrigen Männer begannen jetzt alle Kannen und Schüsseln aufzustellen. Sogar das Zelttuch legten sie in einer Sandkuhle aus und hielten sich bereit es an den Zipfeln zu fassen und das Wasser darin zu sammeln, wenn erst der Regen losbrach.

Die Sandkämme im Westen wurden allmählich dunkler und dunkler, bis sie in einem gespenstigen grauschwarzen Dämmer lagen. Für eine lange, endlose Viertelstunde schien die Wüste den Atem anzuhalten. Nichts geschah, nichts veränderte sich. Die Luft war von einer bleiernen Schwere, die Feuchtigkeit beinahe greifbar. Alle waren aufs Äußerste erregt. Der Sturm stand unmittelbar vor dem Ausbruch. Jeder spürte es und wartete auf den Beginn des Regens. Der ganze Himmel, bis auf einen schmalen Streifen am Horizont, war jetzt düster vom drohenden Wolkenbruch. Die Sonne war bereits untergegangen. Nur unmittelbar an der Stelle, wo Himmel und Dünen zusammentrafen, leuchteten ihre Strahlen in einem farbigen Band.

Hedin merkte plötzlich, dass alle aufgehört hatten zu sprechen. Er blickte die Turkmenen an und sah, dass sich ihre Gesichter veränderten. Als er ihren Blicken folgte, wusste er, dass alle Hoffnungen auf Regen umsonst gewesen waren.

Die Wolken begannen sich aufzulösen. Langsam, dann immer rascher gewann der Himmel seine Helligkeit zurück. Der Regendunst verblasste, die Schwaden wurden dünner, zerfaserten. Nur wenige Minuten später spülte die Sonne ihr rosiges Licht wieder über die leeren Sandhänge. Hedin sah, wie es die Männer mit schweigendem Entsetzen erfüllte. Ohne Aufforderung nahmen sie die Kannen und Töpfe aus dem Sand, rollten das Zelt zusammen und beluden die Kamele.

So verging der Tag, an dem sie nichts zu trinken hatten, außer zwei Bechern Wasser, einer warmen, beinahe heißen, schmutzigen Brühe, die zum Erbrechen reizte und die dennoch niemand verschmähte.

In der folgenden Nacht brach ein Sandsturm los. Unter normalen Bedingungen hätten sie den Sturm in sicherer Deckung vorüberziehen lassen. Doch nun durften sie keinen Tag mehr verlieren. So beluden sie die Tiere in dem rostbraunen Dämmerlicht und setzten den Marsch fort. Stunde um Stunde, während sie dahintappten, heulte der schwarze Wind vom verborgenen Horizont zur unsichtbaren Sonne.

Selbst am späten Vormittag herrschte ein dämmriges Zwielicht, wie Hedin es niemals zuvor erlebt hatte. Undurchdringliche Wolken mehlfeinen Sandes jagten unablässig über die Wüste. Die Sicht reichte nicht weiter als bis zum nächsten Kamel. Die Luft war zu einem heißen Gespinst geworden. Die Turkmenen japsten vor Atemnot. Sie keuchten und fürchteten ersticken zu müssen, während sie mit vorgestreckten Köpfen dahintappten, einzig darum bemüht, auf den Beinen zu bleiben und den Vordermann nicht aus den Augen zu verlieren. Jedermann wusste, dass ein Zögern oder Stolpern genügen konnte, um aus der Reihe zu geraten und die Verbindung mit den anderen zu verlieren.

Gegen Mittag wuchs der Sturm weiter an. Die Männer fühlten sich wie taub in den pfeifenden Sandmassen. Selbst die Bronzeglocke des Leithengstes war nicht mehr zu hören. Zweimal weigerten sich die Tiere überhaupt den Marsch fortzusetzen. Sie ließen sich nieder, den Kopf im Windschatten am Boden, und nur die Peitsche Islam Bai brachte sie wieder auf die Beine.

Eine Stunde vor der Abendrast ließ der Sturm nach und verebbte dann. Hedin beschloss alles zurückzulassen, was nicht für die nächsten Tage gebraucht wurde. Proviant, Pelze, Decken, Teppiche, Kissen, Bücher, Töpfe und Geschirr packten die Männer in mehrere Kisten, die sie in der Mulde abstellten. Auf den Kamm der höchsten Düne steckten sie eine Stange und befestigten eine Zeitung daran.

Hedin behielt nur wenig Proviant. Alle Konserven, die irgendwelche Flüssigkeiten enthielten, verteilte er. Die Turkmenen brachen sofort die Dosen auf. Das Fleisch darin aßen sie jedoch nur, wenn es sich nicht um Schweinefleisch handelte. Islam Bai zerschnitt einen der frei gewordenen Packsättel und verteilte das Heu an die Kamele. Doch die Tiere vermochten das trockene Gras, das über Jahre als Polster gedient hatte, nicht hinunterzuschlingen. Die Karawane besaß jetzt nur noch zwei kleine eiserne Kannen mit Wasser.

Am nächsten Morgen erhielten die Kamele die letzten Buttervorräte, das Einzige, das die Tiere noch ohne Wasser zu schlucken vermochten. Islam Bai verteilte selbst die kleinen Portionen und schwitzte vor Anstrengung, da er keine Zeit verlieren wollte. Jede Viertelstunde war inzwischen kostbar geworden.

Als er sich umdrehte, überraschte er Jolltschi mit einer der Wasserkannen am Mund. Ihr letzter Vorrat! Islam Bais Gesicht wurde weiß.

»Er trinkt unser letztes Wasser . . .«, hörte er sich selber flüstern. Für eine halbe Minute war er von dem tödlichen Entsetzen erfüllt, das man bei einem Alptraum verspürt, wenn man zu schreien versucht und keinen Laut hervorbringt. Dann brüllte er los:

»Was tust du da, du elendes Schwein . . .« Er schrie die Worte mit jeder Faser seines Körpers, als hämmere er an eine schwere Tür. »Er säuft uns das letzte Wasser, dieses elende Schwein . . .«

Für zwei Sekunden blieb alles still, dann stürmten auch die anderen heran. »Was, zum Teufel, machst du da?«, fragte Kasim mit leiser, gepresster Stimme.

Muhammed Schah starrte den Buckligen voller Entsetzen an. »Wir alle werden sterben müssen, weil du uns das Wasser wegtrinkst!«

»Dieser gottverdammte Dieb! Wir verdursten, weil er uns das Wasser heimlich wegsäuft! Allah strafe ihn!«, schrie Kasim plötzlich auf.

Der Bucklige trat unbewusst einige Schritte zurück. Seine Augen irrten von Gesicht zu Gesicht. Er zitterte: »Was wollt ihr von mir? Alles Lüge . . .«, kreischte er plötzlich mit überschlagener Stimme. »Und du – und du!« Er deutete auf Kasim und den Karawanenführer. »Ihr hetzt die anderen auf! Ihr seid es! Ihr allein!«, zischte er.

»Was sagst du da?«, brüllte Kasim auf. »Das wirst du mir büßen. Du führst die Karawane mit Absicht ins Verderben!« Er warf sich gegen Jolltschi. Nun sprang auch

Islam Bai auf den Alten. Alle drei wälzten sich am Boden, ein Wirbel sich windender Körper.

Sogar Muhammed Schah schien nicht übel Lust zu haben, in den ungleichen Kampf einzugreifen. Der Wasserdiebstahl hatte ihn alle Freundschaft vergessen lassen.

»Zurück!«, schrie Hedin und drängte den Alten beiseite. »Aufhören, Leute! Ich befehle es!«, rief er aus.

Der Aufruhr stockte. Nach und nach lösten sich die Männer von Jolltschi, der aus der Nase blutete und dem ein Faustschlag die linke Wange hatte aufplatzen lassen.

»Seid ihr alle von Sinnen!« Hedin hatte sich noch immer nicht völlig von seiner Bestürzung erholt. »Wenn ihr euch prügeln wollt, warum tut ihr es dann nicht nach der Reise? – Ihr werdet eure Kräfte noch brauchen können.«

Alles war so rasch, so unvermittelt geschehen, dass er sich jetzt ernstliche Vorwürfe machte. Warum hatte er nicht früher eingegriffen!

»In gewisser Weise freut es mich, zu sehen, wie kräftig ihr noch seid, Brüder«, rief er, durch Sarkasmus bemüht, das Gleichgewicht wiederzufinden. »Das trifft sich gut.« Er hob die Wasserkanne empor und schüttelte sie ein wenig. »Wie ihr feststellt, ist sie praktisch leer. Es gibt damit nichts mehr . . . für niemanden von uns. Ich werde gegen Mittag den Zipfel eines Tuches in das verbleibende Wasser tauchen und jedem damit die Lippen befeuchten. – Ein letzter Schluck dann noch und es ist endgültig aus . . . So, das wollte ich noch sagen, ehe wir jetzt aufbrechen. Wer meint, er bleibe besser noch etwas hier, hat jede Freiheit, es zu tun . . .«

Die Stunden gingen vorüber, eine nach der anderen.

Die Kamele stakten immer langsamer, hielten sich aber in Bewegung. Um die Mittagszeit ließ Hedin das feuchte Tuch reihum gehen, dann setzten sie den Marsch fort. Niemand wagte es mehr, sich in den Sand zu legen, um zu ruhen, weil keiner mehr die Gewissheit besaß, wieder auf die Füße zu kommen.

Am Abend, als sie in einer Mulde für die Nacht Rast machten, war die Kanne endgültig leer. Irgendwer hatte die letzten Schlucke heimlich getrunken. Niemand sprach darüber. Es hatte auch keinen Sinn, denn es gab keine Zeugen.

Die Nacht war still und klar. Die Temperatur sank bis zum Gefrierpunkt und die Männer froren nach der Tageshitze erbärmlich in ihren Mänteln. Die Decken hatten sie zurückgelassen, um den Tieren die Lasten zu erleichtern. Nun kroch die bittere, trockene Kälte der asiatischen Wüste bis an den Rand des winzigen Feuers heran und ließ sie erschauern, während sie sich gegen die wolligen Bäuche der Tiere drängten.

Hedin erkletterte am nächsten Morgen mit Islam Bai den Dünenkamm und suchte mit dem Fernglas den Horizont ab. Doch wohin er auch blickte, es erhoben sich nur immer neue Dünen, leer und weiß wie ein Schöpfungsmorgen. Kein Strauch, kein Gras zeigte sich. Nicht einmal ein vertrocknetes Dorngestrüpp reckte seine kahlen Ranken über den Boden.

»Was werden wir tun, Erhabener?« Die Worte drangen seltsam klar durch die vollkommene Stille.

Hedin schreckte auf. »Es sieht nicht gut aus, ich weiß . . . Was schlägst du vor? Du hast die größere Erfahrung.«

Der Karawanenführer schwieg. »Wir könnten versuchen in einem Gewaltmarsch den nächsten Brunnen zu erreichen«, sagte er nach einer Weile. »Obwohl es dabei sicher ist . . .« Er zögerte.

»Du kannst offen sprechen.«

»Obwohl es dabei ziemlich sicher ist, dass nicht alle mithalten könnten . . . dass die meisten sogar zurückbleiben müssten . . .« Er stockte und blickte vor sich in den Sand. »Immerhin wäre es ein Versuch . . . Nicht sehr aussichtsreich, das gebe ich zu. Und doch wahrscheinlich der einzige, der überhaupt eine Aussicht auf Erfolg hätte – eine sehr, sehr kleine.«

Hedin nickte. »Und was wäre die andere Möglichkeit?«

»Dass wir so weitermachen wie bisher«, sagte Islam Bai. »Dass wir schön beieinander bleiben, die Vermissten und Nachzügler immer wieder aufnehmen – und am Ende alle verdursten.«

»Ich verstehe.« Hedin nickte. »Wir versuchen unser Glück in einem Eilmarsch und wir brechen auf, sobald die Sonne untergegangen ist. Das gibt uns noch einmal eine verlängerte Rast. Außerdem, hoffe ich, wird uns ein Nachtmarsch weniger beschwerlich fallen.«

Islam Bai kratzte sich unter dem schmutzigen Turban. »Das denke ich auch, Erhabener. Vielleicht sollten wir das Zelt aufschlagen. Es wird uns in den nächsten Stunden vor der Sonne schützen.«

Die Kamele rührten sich während des Tages nicht von ihrem Platz. Die meisten sahen aus, als seien sie bereits verendet. Mit geschlossenen Augen, die langen Hälse kraftlos im Sand, dösten sie Stunde um Stunde vor sich hin. Islam Bai und Kasim hatten das Zelt aufgeschlagen und lagen neben Hedin, der nackt, nur mit Hose bekleidet, in einer Art Halbschlaf ruhte. Wenig später erschienen auch die beiden Hunde, gefolgt von dem Schaf, und ließen sich im Zelteingang nieder.

Muhammed Schah und Jolltschi hatten sich geweigert in das Zelt zu kommen. Sie lagen nun, den Kopf gegen die direkten Strahlen durch ihre Kopftücher geschützt, im Sand. Beide erwachten nur in Abständen von Stunden aus ihrer tiefen Bewusstlosigkeit.

Nichts ereignete sich während der Vormittagsstunden. Um die Männer herum flimmerten die Sandhügel in der Hitze des Tages. Die Glut wurde von den Hängen zurückgeworfen. Nicht ein einziger Lufthauch war zu spüren.

Am frühen Nachmittag hob Hedin den Oberkörper, ohne zunächst zu wissen, was ihn geweckt hatte. Dann sah er die schlaff herabhängenden Enden des Zelttuches, die sich unter einem leichten Windzug zu bauschen begannen. Tatsächlich spürte er so etwas wie Erleichterung. Auch Islam Bai, sah er, hatte die Veränderung registriert.

Der Wind frischte sich weiter auf. Nach der quälenden Hitze wirkte er geradezu kühl. Hedin fröstelte und wickelte sich in eine Decke. Zum ersten Mal, seit sie hier lagen, vermochte er wieder über den nächsten Augenblick hinauszudenken. Er würde hier nicht sterben – und auch die Karawane nicht! Sie würden den Marsch fortsetzen! Sie würden marschieren und Wasser finden, nahm er sich vor.

Unendlich langsam rückte die Sonne dem Horizont entgegen. Als der bläuliche Abenddunst über die leeren Dünen zog, weckte er die anderen und zog sich an. Er befahl Islam Bai die Kamele zum Aufbruch zu satteln, und schüttelte Kasim, der dem Karawanenführer zur Hand gehen sollte, bis der Turkmene auf die Füße sprang.

Muhammed Schah und Jolltschi lagen im Sand, den

Kopf in die Armbeuge begraben, nicht anders als vor Stunden. Beide schienen sich nicht bewegt zu haben. Am schlimmsten stand es um Muhammed Schah. Er schauderte und redete von früheren Karawanenreisen und dem Entsetzen, das er verspürt hatte, als er erkennen musste, dass ihre Wasservorräte nicht reichen würden. Er weinte und stöhnte, weil er sich nicht damit abzufinden vermochte, sterben zu müssen, klagte und versank in Bewusstlosigkeit.

Irgendein Instinkt musste den Buckligen geweckt haben. Er versuchte plötzlich auf die Füße zu kommen, sank aber zurück. Als er Hedin erkannte, rutschte er ihm auf den Knien durch den Sand entgegen.

»Hilfe, Erhabener . . .«, keuchte er und hob die Hände.

»Womit . . . Womit könnte ich dir helfen?« Hedin schüttelte den Kopf.

»Wasser . . . Gib mir Wasser . . .«

»Es tut mir Leid, Bruder.«

»Wasser . . .« Plötzlich ballte er die ausgestreckte Hand zur Faust und drohte. Dann sank er wimmernd zusammen. »Ist denn nichts Trinkbares mehr da, Erhabener? Gar nichts . . .«

Einen Augenblick lang war Hedin versucht ihm den Schuldanteil am Niedergang der Karawane vorzuhalten. Aber dann sah er die flehenden Augen, in denen sich das blanke Entsetzen spiegelte.

»Haben wir etwas für ihn?«, fragte er Islam Bai, der einige Schritte abseits neben seinem Kamel stand.

Der Turkmene zuckte die Schultern. »Nicht dass ich wüsste. Den Hahn vielleicht . . . aber er wird ihn auch nicht mehr retten. Nichts wird die zwei mehr retten können.«

»Egal. Gib ihn ihm.«

»Er nicht allein, Herr!«, mischte sich Kasim ein. »Dann wollen wir alle etwas davon.«

»Einverstanden.« Hedin nickte. »Übernimm du das.«

Er wandte sich ab, als der Treiber dem Tier den Hals durchschnitt. Islam Bai, Kasim und Jolltschi tranken abwechselnd. Er konnte sich nicht beteiligen. Doch der Durst der Männer war keineswegs gestillt. Ihr Blick fiel auf das Schaf, das ihnen wie ein Hund durch alle Mühsale gefolgt war.

»Wenn ihr glaubt, es hilft euch«, sagte Hedin zögernd. »Aber macht es kurz.«

Sie stockten und blickten ihn an. Hedin sah die begehrlichen Augen. Vielleicht würde ihnen das Blut tatsächlich über die nächsten Stunden hinweghelfen.

Islam Bai führte das ahnungslose Tier beiseite, drehte den Kopf in die Richtung nach Mekka und stach ihm mit dem Dolch in die Halsschlagader. Dick und zäh quoll das Blut hervor. Obwohl es sofort gerann, stürzten die Männer herbei, warfen sich nieder und fingen mit den Essschalen das Blut auf. Islam Bai brachte Hedin einen Becher.

Hedin schloss die Augen. Es ekelte ihn, doch er zwang sich zum Trinken. Er spürte, wie das Blut warm und klebrig auf der Zunge schwamm und den Mund füllte. Wie übel das roch! Sein Inneres zog sich vor Widerwillen und Abscheu zusammen. Sein leerer Magen wehrte sich gegen das Blut, aber dann schluckte er doch.

Sekunden später tappte er beiseite und erbrach sich.

Islam Bai kam heran, einen zweiten Becher in der Hand. »Wasser, Erhabener!«, rief er triumphierend.

»Was ist das?«

»Wasser! Allah ist mein Zeuge – richtiges Wasser, mit Zucker und Essig vermischt.«

»Woher hast du das? Hast du eine Quelle entdeckt?«

»Das nicht. Es stammt von den Kamelen – Kamelwasser. Sie trinken alle davon, Herr.«

Hedin zögerte. Er sah, wie Kasim die Flüssigkeit mit zugehaltener Nase trank. Er hatte von solchen Praktiken gelesen, aber sie hatten eigentlich nie zum Erfolg geführt. Ein verdorbener Magen war noch das Mindeste, was davon blieb. »Nein«, sagte er. »Ich kann nicht . . . Es tut mir Leid. Gib meinen Anteil den Hunden.«

»Wie du willst.«

Islam Bai bückte sich und hielt den Becher den Tieren unter die Nase. Doch sie drehten die Köpfe ab und trotteten nach einem zögernden Schluck davon.

Etwas abseits kauerte Jolltschi, kaum mehr menschenähnlich, und nagte gierig an einem schaurig blutigen Gespinst, das ihm wie ein rotweißes Spitzentuch über der Brust hing.

»Was hat er?«, fragte Hedin bestürzt. Gesicht, Hände und Oberkleidung waren über und über mit Blut verschmiert.

»Er trinkt«, sagte Islam Bai zögernd. »Er saugt an den Lungen des Schafs . . . er glaubt, es wird ihn retten . . . Dabei kann nichts mehr auf der Welt ihn retten, was er auch tut. Er wird sterben. Er ist dabei, vor Durst wahnsinnig zu werden.«

Vor dem Einbruch der Dunkelheit musterte Hedin erneut das Gepäck, um alles, das irgendwie entbehrlich war, auszusortieren. Da waren die fotografischen Apparate mit rund tausend Platten, von denen hundert schon belichtet waren. Da häuften sich Sättel, Kleidungsstücke, Geschenke für Nomadenfürsten und Tauschwaren – ein buntes, glitzerndes Durcheinander, das sich seltsam fremd und unwirklich von dem weißen, flirrenden Sand abhob.

Damit war die Expedition zu Ende, auch wenn sie durchkamen, wusste er. Diese Verluste waren in Zentralasien unersetzlich – oder doch fast. Es musste zumindest Monate dauern, um auch nur die notwendigsten Ausrüstungsstücke zu ersetzen. Trotzdem! Es war ihre einzige Chance – immer noch eine geringe, wie er wusste, aber die einzige, wenn sie überhaupt durchkommen wollten. Was sie behalten mussten, weil es einfach lebensnotwendig war, würde ihnen immer noch schwer genug werden. Da blieben nur die Routenkarten, die wissenschaftlichen Instrumente, Waffen, Munition, Laternen, Kerzen, Eimer, Spaten, das chinesische Silbergeld, die Tagebücher, das Schreibzeug – dutzende Dinge, die in Asien nicht zu entbehren waren, falls er nicht auf den Lebensstandard eines turkmenischen Kameltreibers abfallen wollte.

Als er sich dem Zelt zuwandte, sah er den Buckligen. Der Treiber hatte sich auf seine Decke gesetzt und sog und zerrte noch immer an den Schafslungen. Hin und wieder leckte er das Blut ab, das von seinen Fingern tropfte.

»Wir brechen mit dem Einbruch der Dunkelheit auf«, sagte er in das ausdruckslose Gesicht hinein.

Der Bucklige hob die Augen nicht.

»Wenn wir auf Wasser stoßen, kommen wir zurück und holen dich – dich und Muhammed Schah. Sage es ihm! Wenn ihr euch besser fühlt, folgt uns. Aber bleibt in unserer Spur. Sucht nicht irgendwelche Wegstrecke abzukürzen. Wir würden euch nicht finden. Hast du verstanden?«

Jolltschi saugte weiter an dem Lungengewebe, ohne zu antworten.

Kasim und Islam Bai schleiften Muhammed Schah in das Zelt. Der alte Mann hatte die Augen geschlossen. Wahrscheinlich begriff er gar nicht, was mit ihm geschah. Er schnaufte und wimmerte, ganz mit seinen Schmerzen beschäftigt. Keuchend lag er schließlich neben Jolltschi. Hedin strich ihm über die eingefallenen Wangen. »Du brauchst keine Angst zu haben. Wir vergessen dich nicht . . . Wir kommen zurück, sobald wir können, und holen dich.«

»Jaaa . . . ja.« Etwas Blut rann aus seinem Munde. Er lag jetzt bewegungslos. Offensichtlich verstand er, dass Hedin mit ihm sprach.

Hedin verließ das Zelt. Es gab keine Möglichkeit, die beiden mitzunehmen. Selbst in einer Decke zwischen zwei Kamelen hätten sie die Reise keinen Tag überstanden. Und wenn sie bei den beiden blieben, was war damit gewonnen? Sie würden ihnen nicht helfen können. Es hätte nur bedeutet, dass sie alle starben – verdursteten. Nein, wenn es überhaupt noch eine Chance für sie gab, eine winzige, dann mussten sie ohne die zwei aufbrechen. Und sie mussten es jetzt tun! Noch in dieser Stunde.

Alle Kamele vermochten sich zu erheben. Islam Bai band sie an lange Seile hintereinander, um zu verhindern, dass die Abstände zwischen ihnen in der Finsternis zu groß würden. Es wurde rasch dunkel jetzt. Hedin entzündete eine Kerze und stellte sie in eine Laterne. Er schritt voraus, um den leichtesten Weg zu suchen. Islam Bai hielt sich neben dem ersten Kamel, um Aufenthalte zu vermeiden, und Kasim tappte am Ende der kleinen Karawane.

Es war ungewöhnlich finster. Die meisten Sterne blitzten aus unendlichen Entfernungen und der Mond war noch nicht aufgegangen. Hedin hatte Angst, eigentlich zum ersten Male in seinem Leben – eine anspornende Angst. Er wusste, dass sie nun Erfolg haben mussten, wenn nicht alles verloren sein sollte. Die Angst machte ihn nicht besinnungslos, sie ließ ihn vielmehr alles äußerst scharf sehen und fühlen.

Die Zeit verging, als ticke eine Uhr in seinem Kopfe. Nach drei Stunden hatte sich nichts verändert. Nur der Klang der Bronzeglocke, die Aktuja trug, war allmählich dünner und dünner geworden und schließlich verstummt. Doch er ließ sich nicht beirren. Er wusste, dass er in Bewegung bleiben musste. Solange die Karawane das Licht der Laterne sah, würde sie ihm folgen. Das würde ganz automatisch geschehen. In dem Moment jedoch, wo er aufgab oder das Licht verlöschte, würden auch die anderen zu Boden sinken.

Der Mond war aufgegangen. In seinem fahlen Schein sahen die Kuppen blasssilbern aus und die Hänge auf den mondabgekehrten Seiten zeigten ein undurchdringliches Schwarzgrau. Hinter sich und zu beiden Seiten fühlte er die gewaltigen Räume der asiatischen Wüste.

Die Spannung, mit der er die Dünen prüfte, der heftige Druck in seiner Brust waren ihm beinahe angenehm. Sie lenkten ihn von seinen Schmerzen ab und machten den Durst weniger fühlbar, wenn er auch ständig gegenwärtig blieb.

Nichts bewegte sich um ihn her. Er hörte keine anderen Geräusche als das leise Rieseln des Sandes unter seinen Stiefeln. Eine Stunde vor Mitternacht arbeitete er sich den Hang einer Düne empor, um zu lauschen und die Umgebung in Augenschein zu nehmen. Vergeblich! Die Anstrengungen waren umsonst. Nichts deutete auf die Nähe von Menschen und, schlimmer noch, es gab keine Anzeichen, die auf das Ende der Wüste schließen ließen.

Trotzdem konnte es nicht mehr weit bis zum Khotan-Darja sein. Mit verkniffenem, angespanntem Gesicht starrte er durch das Mondlicht. Er ertappte sich dabei, wie er die scharfen Grenzlinien zwischen Mondlicht und Schatten bewundernd entlangblickte. Sie schienen lebendig zu sein und sein eigenes Dasein zu haben. Die Kehle war ihm wie zugeschnürt, als ob sie angeschwollen sei. Er beobachtete den zitternden Glanz des Mondlichtes auf dem weißen Sand in stummer Versunkenheit. Es gab nichts zu sehen, das ihm hätte Hoffnung machen können.

Schließlich stellte er die Laterne auf den höchsten Punkt des Dünenkamms und legte sich nieder. Er wollte nicht schlafen und verschränkte die Arme unter dem Kopf.

Wie still die Nacht war. Die Stille war ohne jeden Laut. Er hielt den Atem an und lauschte – nichts. Gar nichts. Die Stille war so vollkommen, so eindringlich, dass ihm der Atem stockte. Minutenlang lag er wie gelähmt von diesem urweltlichen Schweigen und wartete, dass etwas geschehen würde, was jene Leere zerriss. Er wusste, es gab keinen vernünftigen Grund dafür, dennoch schien sie ihm tausend unbekannte Gefahren zu bergen. Gegen die lastende, instinkthafte Furcht war sein Verstand einfach machtlos. Er hätte schreien mögen, nur um dem tödlichen Schweigen zu entgehen, aber die ausgetrocknete Kehle war ihm wie zugeschnürt.

Endlich, irgendwann, er hatte schon fast vergessen, dass es da noch so etwas wie eine Karawane gab, vielleicht nach einer halben Stunde oder mehr, ertönte die

Glocke wieder. Wie spät war es? Er hatte jedes Zeitgefühl verloren. Unendlich langsam gewannen die Laute an Kraft, verstummten wieder für Minuten, ehe sie erneut durch die Stille tönten. Dann tauchten die Silhouetten der Kamele auf und hoben sich wie Scherenschnitte gegen den Himmel ab.

Wie er erwartet hatte, nahmen die Kamele die Laterne zum Ziel und sanken unmittelbar neben ihr nieder. Islam Bai kam heran. Hedin erschrak, als er den Karawanenführer sah. Was war mit ihm? Plötzlich begann er zu stolpern, auszugleiten, fing sich und stürzte dann doch in den Sand. Er raffte sich wieder auf, tappte weiter und fiel neben der Laterne erneut zu Boden.

»Ich kann nicht mehr«, japste er. »Seit gestern spüre ich es schon . . .«

»Wir sind alle am Ende«, sagte Hedin ruhig. »Jeder auf seine Weise . . . Da helfen auch keine Worte.«

»Bei mir ist es anders. Diesmal ist es anders . . .«

Er zögerte und stützte sich auf den Ellbogen. »Diesmal ist es endgültig.«

»Das denkt man manchmal. Aber dann geht es doch wieder weiter, weil wir müssen . . . Wir müssen, wenn nicht alles umsonst gewesen sein soll.«

Islam Bai blickte vor sich nieder. »Dieses verdammte Kamelwasser. Es hat mich fertig gemacht . . . Ich habe seitdem schon ein Dutzend Mal erbrochen. Dabei habe ich überhaupt nichts mehr im Magen . . . und jetzt kann ich nicht mehr«, flüsterte er.

»Unsinn!«, sagte Hedin scharf.

»Mit mir ist es vorbei. Ich habe schon zu viele Leute sterben sehen, als dass ich mir selbst etwas vormachen könnte.«

»So höre schon auf, dir Leid zu tun!«, fuhr Hedin ihn

an. »Vorbei ist es erst, wenn du dich selbst aufgibst, und nicht vorher.«

»Ich wollte, du hättest Recht, Herr. Aber ich weiß es . . .«, flüsterte er. »Und jedes Wort darüber ist Zeitverschwendung.« Er hob jäh den Kopf und starrte Hedin an. »Du solltest nicht bleiben! Lass dich nicht hineinziehen! Nimm Kasim mit!«

»Was ist mit mir?«, fragte der Treiber durch die Dunkelheit. »Was will er von mir? Bin ich ihm nicht schnell genug?«

»Du bist mir schnell genug«, murmelte Islam Bai in einem Anflug von Sarkasmus. »Für mich ist sogar jeder zu schnell geworden.«

Hedin zögerte. »Islam Bai sagt, er kann nicht mehr. Er will, dass wir beide den Marsch allein fortsetzen.«

Kasim rutschte durch den Sand heran. »Er muss! Er muss mit uns«, sagte er und starrte auf den Karawanenführer nieder, der mit abgewandtem Gesicht auf dem Boden lag. »Wenn er erst hier zurückbleibt, ist er mit Sicherheit verloren.«

»Ich kann nicht und ich bleibe hier«, beharrte Islam Bai dumpf. »Das ist mein letztes Wort . . .«

Hedin nickte. »Lassen wir ihn hier. Wir können ihn nicht tragen und die Kamele auch nicht. Wenn wir Wasser gefunden haben, kehren wir um und holen ihn.«

»Nein.«

Für einige Sekunden sagte niemand etwas. Kasim starrte Hedin direkt in die Augen und atmete schwer. Dann schüttelte er den Kopf.

»Nein«, wiederholte er schließlich. »Ich weiß nicht, ob ich jemals die Kraft haben werde, in die Wüste zurückzukehren, wenn wir erst eine Wasserstelle gefunden haben werden. Und darum muss er mit.«

»Oh Allah, wenn dieser Dummkopf doch endlich begreifen würde, dass es mir ernst ist«, flüsterte Islam Bai.

»Was will er?«, fragte Kasim. »Auf die Beine mit dir!« Er bückte sich, fasste Islam Bai an der Schulter und versuchte ihn aufzurichten.

»Steh jetzt endlich auf!«

»Ich kann nicht . . .«

»Komm hoch, alter Schweinehund!«, brüllte Kasim plötzlich. »Wochenlang hast du mit Befehlen um dich geworfen. Tu das, tu jenes! Warum tust du jetzt nichts . . . Warum reißt du jetzt dein Maul nicht auf . . . Los, hoch jetzt!«

Er schüttelte den Turkmenen, als wolle er ihn zerbrechen. Hedin rührte sich nicht. Ein seltsam zwiespältiges Gefühl erfüllte ihn. Er hätte Islam Bai gern die Demütigung erspart. Andererseits, falls Kasim Erfolg haben sollte, konnte es die Rettung des Karawanenführers bedeuten. Doch da war auch noch etwas anderes – auch Angst. Jeder einzelne seiner Muskeln wünschte, dass er sich neben Islam Bai legte. Sobald er Atem holte, war er nahe daran, vor Erschöpfung loszuheulen.

»So steh jetzt auf! Wenn du dich jetzt nicht auf die Beine stellst, dann – dann bringe ich dich um! Hoch jetzt . . .« Er griff den Karawanenführer unter die Achseln und versuchte ihn aufzuheben. Der bleierne Widerstand brachte ihn noch mehr in Wut.

»Steh auf, elender Feigling!«, brüllte er, dicht vor Islam Bais Gesicht und spuckte den Karawanenführer an vor Verzweiflung, Wut und Angst. Dann, nach einer endlosen Minute, als Islam Bai keine Anstalten machte, auf die Füße zu kommen, ließ er ihn jäh fallen.

»Soll er bleiben, wo er ist«, sagte er brutal und wischte sich die Hände ab, als habe er sich gerade schmutzig gemacht. »Gehen wir los! Ihm ist nicht mehr zu helfen . . .«

Und ohne einen Blick für den Karawanenführer, ohne ein Wort das Abschieds tappte er davon.

Hedin steckte die Tagebücher, die er bisher bei seinem persönlichen Gepäck mitgeführt hatte, dem vordersten Kamel in die Satteltasche, dazu die wissenschaftlichen Aufzeichnungen. Er behielt nur, was sonst noch in den Taschen steckte: den Kompass, die beiden Chronometer, etwas Papier, einen Bleistift und zehn Zigaretten.

»Ich verlasse mich darauf, dass du mit den Kamelen nachkommst«, sagte er zu Islam Bai. Doch der Karawanenführer antwortete nicht.

Kasim war bei Jolldasch stehen geblieben. Er hatte Eimer und Spaten bereits in der Hand. »Was wird mit dem Hund? Nehmen wir ihn mit?«

Jolldasch lag, den Kopf ausgestreckt, auf dem Sand in einer Kuhle. Sein Schweif klopfte matt den Boden. Hedin bückte sich und streichelte ihn. »Wo ist der andere?«

»Gestern zurückgeblieben«, sagte Kasim. »Er konnte nicht mehr. Nehmen wir ihn mit?«

Hedin zögerte. »Ich weiß nicht . . . Ich weiß nicht, was noch an Kräften in ihm steckt. Falls er sterben muss, möchte ich, dass er es in Ruhe und Würde tun kann. Nicht irgendwo unterwegs.«

Kasim nickte langsam. »Ich verstehe.«

»Lassen wir ihn selbst entscheiden«, sagte Hedin. »Wenn wir ihn rufen, wird er kommen – vielleicht nur für einige hundert Meter und dann liegen bleiben und in der Einsamkeit sterben. Das möchte ich nicht.«

Wieder nickte Kasim.

Ohne sich noch einmal umzublicken, stapfte er vor Hedin her und durch den losen Sand. Er hinkte und ließ den Kopf hängen, aber er setzte trotzdem seinen Weg durch die Nacht fort, ein sehr tapferer, einsamer Mann.

Die Laterne stand noch neben Islam Bai und die Kerze war noch nicht niedergebrannt, als Hedin zum letzten Mal zurückblickte.

Es war Mitternacht.

Am Tode vorbei

Hintereinander trotteten sie durch den schwarzen Sand. Mechanisch setzte Hedin die Beine, während seine Gedanken müßig umherschweiften. Es gab nichts zu sehen, das ihn hätte ablenken können – nichts als den schwarzen Sand in den Mulden, die fahlen Hänge mit den silbrigen Kuppen und darüber den asiatischen Himmel mit seinen leuchtenden Sternbildern, scharf wie blitzendes Glas. Er dachte an Islam Bai. Der Zusammenbruch war zu jäh, zu unvermittelt erfolgt, als dass er ihn schon in seiner vollen Tragweite erfasst gehabt hätte. Von allen Reisebegleitern der letzten Jahre hatte keiner so viel Kraft, so viel Sicherheit und Zuversicht ausgestrahlt wie gerade er. Nun war er hilflos, zusammengebrochen, würde er wahrscheinlich sterben, wenn er nicht fremde Hilfe fand! Welch eine Vorstellung! Die Erkenntnis hatte etwas Erschütterndes. Es war eigentlich das erste Mal, dass eine so starke Persönlichkeit, ein Mann, dessen Energie unerschöpflich schien, einfach aufgab, von einer Stunde zur nächsten zusammenbrach. Es eröffnete Ausblicke auf weitere Niederlagen und erneutes Versagen.

Wie betäubt schwankte er dahin und versuchte sein Entsetzen zu überwinden. Noch etwas anderes arbeitete in ihm. Da war man täglich mit einem Manne zusammen – und wusste nichts von ihm, merkte nicht, was in ihm vorging, wie es um ihn stand! Morgen oder übermorgen konnte ihm das Gleiche widerfahren. Er konnte genauso zusammenbrechen und liegen bleiben. Was würde Kasim tun? Was konnte er überhaupt tun? Im

Grunde nichts – nichts anderes, als was er selbst getan hatte. Er war in seinem Leben durch manche Schwierigkeiten gegangen. So manches Grausame war ihm begegnet, seit er durch Asien reiste. Er hatte es gewusst, nicht erst seit heute Nacht, und eine Kruste darum wachsen lassen. Doch nun war sie plötzlich durchbrochen worden und die Einsicht beunruhigte und bedrückte ihn in einem Maße, wie er das nicht für möglich gehalten hätte.

Eine Stunde verging, während der kein Wort fiel, und eine zweite tropfte dahin. Jeder Muskel schmerzte, aber Hedin vergaß seinen überanstrengten Körper und tappte weiter, allein mit seiner wortlosen Verzweiflung.

Nichts änderte sich. Nur ihre Schnelligkeit nahm allmählich ab, wurde geringer und immer geringer. Als sie wieder eine Mulde erreichten, sanken sie beinahe gleichzeitig zu Boden. Sie wollten nur einige wenige Minuten verschnaufen, aber dann fielen sie in Schlaf. Hedin erwachte erst wieder in der Morgendämmerung, von der eisigen Kälte der Wüste geweckt.

Bestürzt richtete er sich auf. Kasim schlief noch fest und er schüttelte ihn.

»Wir müssen weiter! Wir liegen schon einige Stunden hier.«

»Oh-h, habe ich einen Durst«, murmelte der Treiber. Verständnislos rieb er sich die schwarzen Bartstoppeln um das Kinn. »Alles taub . . . Lange schaffe ich das auch nicht mehr . . .«

»Darum müssen wir die Zeit ausnutzen«, sagte Hedin.

»Wasser . . . Einmal wieder Wasser . . .« Ein paar Tränen stiegen in Kasims Augen. »Ich weiß schon gar nicht mehr, wie das ist, wenn man einmal keinen Durst hat.«

Er raffte sich auf, stand mit gespreizten Beinen, dann nickte er. »Versuchen wir es noch einmal.«

Sie setzten den Marsch fort. Schwerfällig tappten sie nebeneinander durch die dämmrige Wüste. Wohin sie auch blickten, es gab nur graue und schwarze Schatten und fahlen, kalten Sand. Sie blieben bis neun Uhr vormittags auf den Beinen. Dann warfen sie sich zu Boden. Kasim sah aus wie ein überanstrengtes Tier. Die Unterlippe hing herab, der Mund stand offen. Er atmete in kurzen, ungleichmäßigen Stößen.

Zwei Stunden später marschierten sie weiter. Ihre Füße schlurften durch den Sand, wenn es bergauf ging, und rutschten die Hänge abwärts. Gegen Mittag bewegten sie sich fast ohne Bewusstsein vorwärts. Hedin fühlte sich am Ende seiner Kräfte.

Sie rasteten auf der Nordseite eines Dünenkamms, die noch etwas Schatten hielt. Kasim hob mit dem Spaten eine Mulde aus und Hedin legte sich auf den nachtkalten Boden. Dann zogen beide ihre Kleider aus und krochen in den Sand. Die Kleider hängten sie über den Spaten und benutzten sie als Sonnenblende. Sobald ihre nackten, überhitzten Körper den Sand erwärmt hatten, wechselten sie den Ort und suchten sich eine ähnliche Kuhle.

Sie sprachen nicht miteinander, noch vermochten sie zu schlafen. Sie hielten die Augen geschlossen, dösten vor sich hin und ihre Gedanken schweiften müßig umher. Zuweilen fielen sie für Minuten in einen heftigen Traum, schraken auf und entdeckten, dass sie noch immer am Boden lagen. Hedin wurde aufmerksam, als sich eine Mücke auf seinem Oberarm niederließ. Dann unterschied er zwei weitere Fliegen. Sie kreisten träge um seinen Kopf, ehe sie sich schläfrig einen Platz auf seiner nackten Brust suchten.

War das ein gutes Omen? Für eine Weile beschäftigte er sich mit der Frage, wie weit diese Insekten wohl zu fliegen im Stande sein könnten? Zwanzig Kilometer? Dreißig Kilometer – oder vielleicht auch nur zehn? Doch es war gefährlich, spürte er, sich irgendwelche Illusionen zu machen. Die Enttäuschung musste dann nur umso schrecklicher sein. Wahrscheinlich hatte der Wind die Tiere sogar in die Takla-Makan getragen.

Gegen Abend wälzte er sich empor und weckte Kasim. Sie zogen sich an und marschierten weiter nach Osten, diesmal Hedin an der Spitze, den Kompass in der Hand. Stumm beobachteten sie den Sonnenuntergang. Wie eine monströse Kugel sank die Sonne unter den Horizont und erfüllte die Wüste mit ihren grellfarbigen Lichtern.

Sie blieben auf den Beinen bis eine Stunde nach Mitternacht und setzten am nächsten Morgen noch vor Sonnenaufgang ihren Marsch fort.

Am späten Vormittag blieb Kasim plötzlich stehen, fasste nach Hedins Arm und deutete nach vorn.

»Dort, Erhabener! Dort . . .«, keuchte er. »Siehst du das?«

Hedin schreckte auf. »Was ist? Was ist denn? Ich kann nichts sehen. Wo denn?«

Er vertrat Hedin den Weg und packte ihn mit dem schweren Ernst, wie ihn sonst nur Betrunkene zeigen, an der Schulter und deutete mit zitternden Fingern nach Osten.

Ein schrecklicher Verdacht streifte Hedin. War Kasim dabei, den Verstand zu verlieren? »Was hast du?«, fragte er. »Ich sehe nichts . . . nur Sand und immer wieder Sand . . .«

Kasims Augen weiteten sich in feierlichem Ernst. »Julgun . . .«, flüsterte er. »Dort wächst Julgun . . .«

»Eine Tamariske?« Hedin spürte plötzlich wieder die Zunge in der ausgetrockneten Mundhöhle. »Wo denn? Zeige sie mir! – Tatsächlich!«, stieß er hervor. »Tatsächlich eine Tamariske . . .«

Am Mittag die Insekten und jetzt die Tamariske. Es passte alles zusammen. Kein Zweifel mehr, sie näherten sich dem Ende der Wüste. Zwar würde es noch eine Weile dauern, aber die Zeichen waren unverkennbar. Nur ein Narr konnte daran noch zweifeln.

»Wir haben es geschafft – oder doch beinahe«, hörte er sich sagen. »Oh Gott, wir kommen durch.«

Sie bogen nach Nordosten ab und nahmen die Richtung auf den Strauch. Es geschah so selbstverständlich, als bedeute er für sich allein schon die endgültige Rettung. Trotzdem kamen sie in ihrer Erschöpfung nur unendlich langsam vorwärts. Sobald sie hangabwärts rutschten, verloren sie das Gestrüpp aus dem Blick und unwillkürlich wurden sie schneller in der Sorge, die Tamariske zu verlieren. Sie atmeten erleichtert auf, wenn sie dann wieder, einige hundert Meter näher, vor ihren Augen erschien. Sie nickten einander zu und lächelten töricht ins Leere über ihre Geschicklichkeit.

Sie brauchten mehr als eine Stunde, um die Tamariske zu erreichen. Breitbeinig standen sie davor und ihre Augen saugten sich an den grauen Nadeln, die dick mit Sandstaub bedeckt waren, fest. Dass es so etwas überhaupt noch gab! Ein Wunder in dieser Wüste! Ein echtes Wunder! Bestand nicht die ganze Welt nur aus weißem, mehlfarbigem Sand, der sich zu Hügeln und Bergen türmte? Hedin griff nach den Nadeln, sie waren heiß, glashart, aber frisch. War es wirklich der erste sichere Hinweis auf das Ende der Takla-Makan? Er war es. Er beschloss daran zu glauben und nichts würde ihn darin beirren können.

Als er den Kopf hob, sah er, wie Kasim einen Zweig abriss und in den Mund steckte. Giftig war der Strauch wohl kaum – oder etwa doch? Unsinn! Woher sollte das Gift auch kommen. Dann fiel ihm ein, dass die Kamele gern die Ranken fraßen, und er lächelte zufrieden. Er brach einen der jüngeren Triebe ab, knickte ihn zusammen und steckte ihn in den Mund. Die scharfen Nadeln waren überraschend bitter und enthielten wenig Feuchtigkeit. Immerhin brachte das eifrige Kauen die erstarrten Muskeln in Bewegung.

»Vielleicht sollten wir hier eine Rast einlegen«, schlug Hedin vor.

Kasim zögerte, dann schüttelte der den Kopf. »Besser nicht, Erhabener. Noch kann ich mich auf den Beinen halten. Aber wenn ich erst einmal liege, bin ich nicht mehr sicher, ob ich den Marsch auch fortsetzen werde.«

»Einverstanden«, sagte Hedin. »Dann gehen wir also weiter und suchen das nächste Grün. Es sieht aber nicht so aus, als würden wir heute noch auf einen Wald stoßen.«

»Kann man nie mit Sicherheit voraussagen, Herr.«

Sie setzten den Marsch fort und sahen eine Stunde später inmitten der weißen Sandwüste einen zweiten Strauch. Als sie ihn schließlich erreichten, entdeckten sie in der Ferne weitere Tamarisken, die ihre blassgrünen Ranken über den Sand spannten. Doch nun waren beide außer Stande, sich noch länger auf den Füßen zu halten. Jedes Mal, wenn sie eine Mulde durchquert hatten, war es ihnen, als seien sie gerade einem Feuerbade entkommen. Die Gesichtshaut war hart und brüchig, fast wie altes Leder. Hinzu trat die augenblendende

Helligkeit des Sandes, sodass ihre Backenmuskeln von dem fortgesetzten Blinzeln weh taten. Es war im Vergleich zu den anderen Martern nur ein geringer Schmerz, der aber, zusammen mit den Muskelkrämpfen ihrer Oberschenkel und den bösartigen Rückenschmerzen, ihre Plagen ins beinahe Unerträgliche verstärkte. Das gleißende Sonnenlicht drang wie Splitter in die empfindlichen Augen und erzeugte rote, wild tanzende Kreise im Gehirn. Außerdem schränkte es ihre Sehfähigkeit erheblich ein und sie verloren die Fähigkeit, eine Entfernung auch nur annähernd zu schätzen.

»Halten wir hier an«, sagte Hedin. »Wir wollen nicht übertreiben.«

»Ich glaube auch«, murmelte Kasim. »Die letzte halbe Stunde war sowieso ein Alptraum.«

»Nach ein paar Stunden sieht alles wieder anders aus.«

»Glaube ich nicht, Erhabener.« Er schüttelte schwach den Kopf. »Ich möchte eher sagen: nicht mehr viel Spielraum, zumindest für mich . . .«

Er versuchte zu lächeln, aber unter den verkrusteten Lidern und dem verschmierten, stoppeligen Gesicht wurde es zu einem melancholischen Clownsgrinsen.

Sie sanken zu Boden. Nach einer Stunde fühlten sie sich kräftig genug, um sich in den Sand eingraben zu können. Sie suchten sich einen schattigen, von der Sonne noch nicht erhitzten Ort und hängten ihre Kleider über sich.

Neun Stunden lagen sie so, ohne sich zu bewegen, bis über den Hals vom Sand bedeckt, in dem spärlichen Schatten. Nichts ereignete sich, kein Laut unterbrach die Stille. Nur die heiße Luft strich mit einem sanften Wehen über die Gesichter. Kurz vor dem Einbruch der Dämmerung rafften sie sich empor, kleideten sich an und setzten den Weg nach Osten fort. Wie zwei Betrunkene, die, besorgt wegen der Festigkeit ihrer Beine, einen gefährlichen Pfad zu überwinden suchen, tappten sie vorwärts, die Köpfe gesenkt, mit krampfhaft schlenkernden Armen. Die wenigen Habseligkeiten, die sie gegen alle Versuchungen noch immer mit sich schleppten, vor allem der Spaten und die Lebensmittel, waren von bleierner Schwere. Auf den Schultern hatten sich Blasen gebildet und ihre Hemden zeigten lange weiße Streifen, da, wo der Schweiß unter dem Druck der Lasten nicht sofort verdunsten konnte.

Blind und taub gegen alles um sie her, kämpften sie sich von Mulde zu Mulde vorwärts, Hedin den Kompass in der Hand. Gegen seinen Willen war er gezwungen Kasim alle paar Minuten eine Rast zu gestatten. Sie ruhten fast ebenso lange, wie sie gingen, und lehnten sich dann wieder keuchend und mit gespreizten Beinen gegen einen der Steilhänge. Schon bald entdeckte Hedin, dass er fast ebenso begierig nach der nächsten Pause verlange wie Kasim. Nichts anderes als Qual umhüllte sie mehr.

Drei Stunden nach ihrem Aufbruch schreckte Hedin aus seinen Schmerzen auf. Irgendetwas war geschehen. Sie vermochten in der Dunkelheit nur wenige Meter weit zu sehen.

»Dort! Dort ist etwas . . .«, stieß Kasim plötzlich hervor.

Hedin hob den Kopf. »Ich sehe nichts. Gar nichts . . .« Hatte der Treiber den Verstand verloren? Alles war inzwischen möglich geworden.

»Bäume . . . Ich schwöre bei Allah, dort stehen Bäume«, keuchte er. »Ich sehe sie und ich spüre sie auch . . .«

»Unsinn! Wo denn? Ich sehe noch immer nichts . . .«

Hedin starrte in die monddurchleuchtete Finsternis. Sollte Kasim tatsächlich verrückt geworden sein? Sinnestäuschungen traten auch schon bei geringeren Belastungen auf. Doch da war etwas! Da war wirklich etwas! Er sah ein schwaches Glitzern in der Mulde vor ihnen. Oder irrte er sich? Nein, nein! Kein Zweifel, da war etwas! Dort bewegte sich etwas – Blätter. Es mussten Blätter sein, die im Nachtwind zitterten und das Sternenlicht auffingen.

»Siehst du sie, Erhabener?«, fragte Kasim atemlos vor jäher Erregung. Plötzlich schien sein Leben davon abzuhängen, dass Hedin seine Beobachtung bestätigte. »Es sind Bäume . . .«

»Ja, ich glaube, du hast Recht.«

»Pappeln! Drei Pappeln«, schnaufte der Treiber. Er packte Hedin am Arm. »Wo Pappeln wachsen, muss es auch Wasser geben . . . Kein Baum vermag ohne Wasser zu gedeihen.«

Er rannte vorwärts, als fürchtete er, die Bäume könnten wie eine Fata Morgana mit dem nächsten Atemzug verschwinden.

Als Hedin die Pappeln erreichte, kauerte er bereits am Boden, die Schulter gegen einen der glatten Stämme gelehnt.

»Ich habe sie gespürt. Ganz plötzlich spürte ich sie – noch ehe ich sie sah . . . Was sagst du jetzt, Herr?« Er starrte Hedin begierig an. Die weit geöffneten Augen glänzten durch die Dunkelheit wie die eines Fieberkranken.

Hedin lächelte. Er war bemüht die übertriebenen Hoffnungen des Treibers zu dämpfen. Die Bäume bedeuteten keineswegs, dass sie schon bald auf Wasser stoßen mussten. »Es hat tatsächlich den Anschein, als näherten wir uns dem Ende der Wüste – sogar rascher, als ich es für möglich gehalten hätte«, sagte er ruhig.

»Nähern, nähern! Wir haben das Ende der Wüste erreicht!«, rief Kasim heiser vor Eifer und Eindringlichkeit. »Es gibt keine Bäume, die in der Wüste wachsen, nicht einmal Palmen. Sogar Palmen brauchen Wasser.«

»Das ist richtig, aber . . .«

»Ich wette, dass wir spätestens morgen auf eine Wasserstelle treffen werden.«

»Vielleicht. Ich wünschte, du hättest Recht«, murmelte Hedin. »Wir dürfen uns aber nicht zu sehr an eine solche Hoffnung klammern. Es kann durchaus sein, dass es noch länger – einen Tag oder zwei . . . Du darfst nicht vergessen, wir kommen nicht mehr so rasch vorwärts wie noch vor einer Woche.«

»Du irrst! Du musst dich irren!« Er verstummte und starrte Hedin mit aufgerissenen Augen an. »Wir werden sogar noch heute auf Wasser stoßen«, sagte er plötzlich. »Noch heute – und hier! Genau hier . . . Wir graben.«

Hedin zögerte. Er vermochte nach den Enttäuschungen der letzten Tage Kasims Hoffnungen nicht zu teilen. Zu deutlich erinnerte er sich ihrer Anstrengungen während der Ausschachtungsarbeiten. »Was du vorschlägst, ist gefährlich. Wir dürfen unsere letzten Kräfte nicht erschöpfen . . . Die Wurzeln dieser Bäume reichen gewiss einige Meter tief«, sagte er behutsam.

Kasim blickte ihn an. »Wir müssen hier graben! Unsere Aussichten waren noch nie so groß«, erklärte er mit Nachdruck. Er wischte sich in einer fahrigen Bewegung über die Stirn. »Wir müssen hier graben – ganz einfach, weil ich nicht mehr weiterkann . . .«, sagte er plötzlich mit sehr leiser Stimme. »Wir sollten es wenigstens versuchen . . .«

»Einverstanden.«

»Wir werden hier auf Wasser stoßen. Ich bin sicher . . .«

»Gut.« Hedin nickte. »Versuchen wir es.«

Ohne zu zögern begann er zwischen den Pappeln zu graben. Er arbeitete rasch – viel zu hastig, sah Hedin. Nach zehn Minuten sank er neben dem knietiefen Loch nieder und Hedin übernahm den Spaten.

Sie gruben eine volle Stunde, ruhten gemeinsam und arbeiteten dann weiter, aber ihre Bewegungen wurden von Viertelstunde zu Viertelstunde langsamer. Schließlich mussten sie erkennen, dass sie hier niemals auf Wasser stoßen würden. Sie keuchten und seufzten vor Erschöpfung. Ihre Finger vermochten den Spaten nicht mehr zu halten. Trotzdem gaben sie noch nicht auf. Aber jeder Hub, jedes Zittern ihrer Muskeln, jeder Stich in der Brust vergrößerte ihre Hoffnungslosigkeit. Voll stummen, keuchenden Hasses gegen ihre Schwäche gruben sie weiter, bis ihnen dann der Spaten aus den Händen fiel.

Eine halbe Stunde lagen sie am Boden, den Kopf in die Armbeuge vergraben, unfähig sich zu rühren. Dann arbeitete Kasim weiter. Da er den Spatengriff nicht mehr halten konnte, grub er mit den Fingern.

Doch es war aussichtslos. Die Wurzeln der Bäume reichten in Tiefen, die sie mit ihrem Spaten nicht erreichen konnten. Kurz vor Mitternacht schob Hedin den Treiber beiseite.

»Wir machen ein Feuer! Das wird Islam Bai helfen uns zu finden, falls er uns folgt. Außerdem ist der Schein einer Flamme in der Nacht weithin sichtbar. Vielleicht sind Hirten oder wandernde Nomaden in der Nähe.«

Kasim nickte. Offensichtlich hatte er eingesehen, dass

sie hier niemals zu Wasser kommen würden. Sie sammelten Äste, trockene Zweige und entzündeten auf dem nächsten Dünenkamm ein Feuer. In stummer Versunkenheit hockten sie um die Flamme und lauschten auf das Knacken, Prasseln und Zischen. Doch nichts geschah. Schließlich fielen ihnen die Augen zu. Hedin erwachte rechtzeitig, um noch einmal nachzulegen, dann schliefen sie bis zum Morgen durch.

Noch vor Sonnenaufgang setzten sie ihren Marsch fort. Ohne Hoffnung tappten sie weiter nach Osten. Immer wieder suchte Hedin in der bitterkalten Frühdämmerung nach Anzeichen von Menschen oder Tieren. Vergeblich. Auch die Bäume verdichteten sich nicht zu einem Wald, musste er erkennen. Im Gegenteil, nach zwei Stunden hatten sie die letzten Pappeln hinter sich gelassen. Eine Stunde später sahen sie auch keine Tamarisken mehr. Sie befanden sich wieder in der Wüste.

Nun fühlte sich auch Hedin am Ende seiner Kräfte. Er schätzte die Rasten jetzt ebenso sehr wie der Treiber und fast war er bereit zu gestatten, dass sich jede Pause sehr viel länger als beabsichtigt hinzog. Er dachte auch nicht mehr voraus. Seine Gedanken umkreisten allein noch die Minute, in der er gerade lebte. Immer häufiger ertappte er sich dabei, dass er aufzugeben wünschte, und wenn er eine der zahllosen kleineren Rasten beenden wollte, musste er zuerst einen zähen Kampf gegen sich selbst führen, weil er sich allen Verlockungen des Schlafes ausgesetzt sah. Erst dann schlurfte er weiter.

Den ganzen Vormittag über blieben sie in Bewegung. Es gab keinen Baum mehr, keinen Strauch, wohin sie auch blickten. Nichts unterbrach die öde, hitzeflimmernde Leere der Wüste. Gegen Mittag stürzte Kasim zum ersten Mal. Wortlos raffte er sich wieder auf und schlurfte weiter. Nach achthundert oder tausend Metern stolperte er erneut, fing sich wieder, schlurfte weiter und sank dann zu Boden.

»Schluss . . . Aus! Vorbei . . .«, keuchte er. »Ich kann nicht mehr . . .«

Hedin nickte. »Wir können hier ebenso gut eine Rast einlegen wie anderswo.« Er ließ sich neben dem Treiber nieder. Er war nicht weniger erschöpft als Kasim. Seine Nerven zitterten bei der geringsten Belastung, musste er feststellen.

Sie lagen zehn Stunden nebeneinander, ohne zu sprechen. Erst in der Abenddämmerung richtete sich Hedin wieder auf. »Gehen wir weiter. Wir müssen diese kühleren Stunden ausnutzen.«

Kasim antwortete nicht.

»Wir dürfen nicht hier bleiben. Wenn wir erst die Nacht über hier liegen, werden wir morgen keinen Schritt mehr machen können, weil wir steif sind. Wir müssen – es ist unsere letzte Chance.«

Der Treiber antwortete lange nicht. »Ich kann nicht mehr . . .«, flüsterte er schließlich. »Jedes weitere Wort ist überflüssig. Ich kann nicht mehr . . .«

Hedin zögerte. »Ich verstehe. Ich gehe dann voraus. Wenn du dich kräftiger fühlst, kommst du hinterher. Wenn ich Wasser finden sollte, komme ich zurück.«

Er erhob sich, stand eine halbe Minute mit zitternden Knien neben dem Treiber, dann wandte er sich nach Osten. Er winkte nicht, noch suchte er nach einem Wort des Abschieds. Er wollte alle dramatischen Gesten vermeiden. Er fühlte sich wie betäubt.

Stumpfsinnig trottete er durch die immer dichter werdende Dunkelheit. Es gab nichts, das ihn ablenkte. Die stummen Hügel wogten in der Finsternis auf und nieder und zogen sich mit einem matten Glitzern ins Endlose. Leer, unwirklich und geheimnisvoll wie ein fremder Stern dehnte sich die Takla-Makan. Nichts störte die Stille.

Er hielt sie in Bewegung, solange ihn die Beine trugen. Waren es fünf Stunden? Er sank neben einer Tamariske nieder. Eine halbe Minute kämpfte er darum, den Marsch fortzusetzen. Dann gab er auf. Irgendwann schlief er ein und erwachte plötzlich wieder. Etwas war nicht in Ordnung. Er hob den Kopf, lauschte und hörte die schleppenden Schritte eines Menschen, der offensichtlich irgendwelchen Spuren folgte, stehen blieb, keuchte und dann wieder weitertappte.

»Bist du es, Kasim?«, rief er.

»Ja, Herr!«

»Komm! Es kann jetzt nicht mehr weit sein. Ich gehe mit dir«, sagte er und war von seinem eigenen Entschluss überrascht, denn bis zu dieser Minute hatte er nicht daran geglaubt, den Weg fortzusetzen.

Nebeneinander gingen sie weiter nach Osten. Die Tatsache, dass der Treiber wieder zu ihm gestoßen war, hatte ihn mit neuer Zuversicht erfüllt, nur dass sie nicht andauerte. Schon nach wenigen Kilometern wurden die Anstrengungen des Marsches zum körperlichen Schmerz, der alles andere verdrängte. Er wusste, es zählte nur immer der nächste Schritt und wieder der nächste. Links, rechts, links, rechts . . .

Als der Wind sich erhob, merkte er, dass die Nacht zu Ende ging.

Sie schliefen für eine Stunde und setzten dann den Marsch fort. Während der Rast hatten sie gefroren, nun zitterten sie. Selbst die Sonne, die wenig später aufging, erwärmte sie nicht. Als Hedins Blick auf Kasim fiel, erschrak er. Der Treiber sah schrecklich aus. Seine Lippen waren blau, die Wangen zu Gruben eingefallen, nur die Backenknochen standen wie Wülste vor. In den Augen lag ein gläsernes Starren, wie es manchmal Betrunkene zeigen.

Eine Stunde später erklommen sie in wortloser Übereinkunft einen Hügel. »Dort! Oh Allah, was ist das . . .« krächzte Kasim.

Die Wüste mit ihren weißen Dünen endete in einem dunkelgrünen Saum, der mehr war als nur eine grasige Ebene.

»Siehst du das, Erhabener?«

»Wald«, sagte Hedin. »Nicht nur ein paar Bäume . . . Das sieht nach einem richtigen Wald aus.«

»Oh Allah, oh Mohammed, oh ihr Kalifen! Wald! Bäume!«, stieß der Treiber hervor. »Und du bist sicher, dass das nicht wieder nur so ein paar verdammte Pappeln sind?«

»Ganz sicher.«

»Ein richtiger Wald, sagst du?«

»Es ist ein Wald.«

Er starrte Hedin direkt in die Augen. »Dann haben wir also das Ende der Wüste erreicht – ist es so?«

»Es ist so. Noch ein paar Stunden und wir treffen auf Wasser.«

Er schwieg, schluckte, dann sah er Hedin wieder an. »Warum unternehmen wir dann nichts, Herr.«

»Weiter!«, sagte Hedin. »Gehen wir weiter.«

Allmählich wuchs der dunkelgrüne Saum am Horizont. Gleichzeitig nahmen die Dünen an Höhe ab. Die letzten Kilometer Wüste waren flach – eine makellos reine, nie betretene Sandebene.

Zwei Stunden später erreichten sie die ersten Bäume. Wieder waren es Pappeln. Oh, dieser Schatten, Hedin empfand ihn wie eine kühlende Hand auf der entzündeten Haut. Der Duft der Blätter, dazu das Schwirren der Insekten. Hedin war in diesen Minuten überzeugt niemals im Leben etwas Schöneres erlebt zu haben. Immer wieder ertappte er sich dabei, wie er die zarten Abschattungen des Lichtes bewunderte. Die Schatten und Halbschatten schienen im Rhythmus der Blätter zu tanzen, fast als besäßen sie ein eigenes Leben. Vögel flatterten durch den Wald, zirpten und hüpften von Ast zu Ast. Fliegen und Bienen summten um ihre Köpfe.

Sie erreichten einen Pfad. Schwerfällig studierten sie den Boden. Jeder Zweifel war ausgeschlossen, die Erde war festgetreten und die Büsche zu beiden Seiten mit Messern behauen und niedergetreten. Hedin musterte die zahlreichen Spuren. Sie stammten von Stiefeln und Hufen. Hier hatten Nomaden ihre Herden vorübergetrieben. Auch Reiter mussten den Pfad benutzt haben. Er unterschied die Eindrücke von Schafen, Kamelen und Pferden.

»Was tun wir jetzt, Erhabener?«, fragte Kasim. Er schnaufte wie ein Wettläufer am Ende eines langen, erschöpfenden Rennens. Seine Lippen waren blau, die Zunge weiß und geschwollen.

»Ich denke, wir folgen dem Pfad.«

»Du willst also die Richtung ändern?«

Hedin nickte. »Die Spuren von Menschen und Tieren sind einfach zu zahlreich, als dass sie plötzlich versiegen könnten.«

»Hoffen wir, dass sie nicht in die Takla-Makan führen.«

»Das glaube ich nicht. Viel eher führt der Weg zu einer Tränke . . .«

». . . oder auch zum Khotan-Darja, meinst du?«, fragte der Treiber hoffnungsvoll.

»Warum nicht? Es ist jedenfalls wahrscheinlicher als das Gegenteil.«

Kasim hob den Kopf und versuchte ein Lächeln. »Der Khotan-Darja . . . Oh Allah, ich habe längst vergessen, wie ein Fluss aussieht . . .«

Behutsam folgten sie den zahlreichen Spuren durch den Wald, der jedoch an keiner Stelle so dicht wurde, dass er Schwierigkeiten bereitet hätte. Einmal streifte ein großes, breites Blatt Hedins Wange und er schrak zusammen, als habe ihn eine giftige Spinne gestochen. Er schnippte es weg, aber seine Hand zitterte vor Schwäche.

Nach einer halben Stunde wechselte der Pfad nach Süden und verengte sich. Die Baumschatten füllten jetzt den schmalen Raum völlig aus und sie bewegten sich wie durch einen Tunnel, dessen Decke und Seitenwände aus Zweigen und Blättern bestanden.

»Langsamer, Herr! Langsamer . . .«

Kasim ging unregelmäßig. Mit schlurfenden Schritten tappte er zuweilen fünfzig oder auch sechzig Meter vorwärts, ehe er stockte, nach irgendeinem Stamm oder Ast griff, um sich zu halten und neue Kräfte zu sammeln. Aus Minuten wurden dabei endlose Viertelstunden. Wenn Hedin jene Pausen insgeheim auch selbst schätzte, so wusste er doch, wie gefährlich sie waren, falls sie nicht bald den Fluss erreichten.

Jedes Insekt, jedes Geräusch erschreckte sie und verzögerte den nächsten Schritt.

»Weiter!«, ermunterte er den Treiber immer wieder. »Gehen wir weiter, Bruder. Es kann nicht mehr weit sein.«

Auf diese Weise blieben sie noch einmal zwei volle Stunden auf den Beinen, ehe sie in wortloser Übereinkunft zu Boden sanken.

Ganz sicher war es falsch, jetzt eine längere Rast einzulegen, spürte Hedin, denn danach würde es für sie beide nur schwieriger werden. Aber er fühlte sich selbst am Ende seiner Kräfte. Vor allem fehlte ihm die Kraft, Kasim anzutreiben. Was war mit dem Fluss? Waren sie nur wieder einem Irrtum aufgesessen?

Plötzlich wurden die Laute vom Rauschen des Waldes überlagert und er ertappte sich dabei, wie er mit allen Sinnen darauf wartete, etwas vom Khotan-Darja zu hören. Möglicherweise floss er nur hundert Meter entfernt vorüber, während sie hier verdursteten. Sie mussten weiter!

Kasim begann zu schnarchen. Hedin fand es plötzlich so schauerlich, dass er die Zähne aufeinander presste, um nicht schreien zu müssen.

»Komm jetzt! Wir müssen hier weg.«

Er packte ihn an der Schulter und schüttelte ihn. Er musste etwas tun, um nicht verrückt zu werden. »Los, hoch! Wir müssen weiter! Hörst du mich?«

»Lass mich . . . Ich kann nicht . . .«, flüsterte Kasim, ohne die Augen zu öffnen. »Das ist der Ort, wo ich sterben werde, Herr«, fügte er nach einer Weile hinzu, »und er ist so gut wie jeder andere Ort . . .«

»Dann werde ich allein zum Fluss gehen. Du bleibst am besten hier. Ich komme mit dem Wasser zurück.«

Hedin wusste nicht mehr, wo er nach dem Khotan-Darja suchen sollte. Er wusste nur, dass er nicht mehr länger hier liegen durfte, sondern jetzt etwas tun musste, dass er laufen und suchen musste, wenn sie nicht beide wenige hundert Meter vor dem Fluss sterben sollten. Die Versuchung, einfach liegen zu bleiben und aufzugeben, zu träumen und sich treiben zu lassen, begann mit jeder Viertelstunde stärker zu werden. Es war so angenehm, mit geschlossenen Augen in der heißen Sonne zu liegen und an die Rettung zu denken, auf Nomaden zu hoffen, die sich plötzlich über sie beugen würden, um ihnen Wasser zu reichen. Nein! Nicht mehr. Jetzt nicht mehr.

Behutsam wälzte er sich auf die Knie und dann – immer zwischen Pausen, in denen er sich wieder erholte, ehe er die nächste Bewegung machte – richtete er sich empor. Als er schließlich stand, den Kopf gegen eine Pappel gelehnt, keuchte er wie nach einem langen, erschöpfenden Wettlauf.

Farbige Kreise tanzten vor seinen Augen, als er behutsam die ersten Schritte machte. Nur das Gleichgewicht nicht verlieren, dachte er. Wenn er erst aus dem Rhythmus geriet, stolperte oder gar stürzte, kam er nicht mehr auf die Füße.

Er behielt auch jetzt die alte Richtung bei. Was hatte es für einen Sinn, nun plötzlich anderswo nach dem Wasser zu suchen? Schritt um Schritt, nicht anders als ein Schwerkranker, der zum ersten Mal das Bett verlässt, schlurfte er den Pfad entlang. Bisweilen hielt er sich an einem der Stämme, während er seine Umgebung in Augenschein nahm und neue Kräfte zu sammeln suchte. Gab es noch immer keine Anzeichen für die Nähe des Wassers? Frösche- oder Entengeschrei? Er sog die Luft prüfend durch die Nase. In der Wüste war die Nähe von Wasser über erhebliche Entfernungen spürbar, wusste er von den Turkmenen. Nichts, gar nichts. Aber vielleicht waren seine Sinne auch durch die lange Erschöpfung stumpf geworden. Er schlurfte weiter. Eine Viertelstunde verging.

Nach einer halben Stunde wurden die Abstände zwischen den einzelnen Bäumen größer. Zuerst glaubte er an einen Zufall; aber schließlich merkte er, dass der Wald zu Ende ging. Was hatte er falsch gemacht? Sollte er umkehren? Gab es überhaupt eine andere Möglichkeit, als kehrtzumachen, zurückzugehen und den Fluss anderswo zu suchen? Wie viele Stunden bedeutete das? Vier Stunden? Sechs Stunden? Er schlurfte wieder vorwärts. Eine Viertelstunde später erreichte er den lichten Saum des Waldes und tappte bis zum letzten Baum weiter.

Den Rücken gegen den Stamm gelehnt, blickte er nach vorn. Vor ihm, in einer Entfernung von fünfzig oder achtzig Schritten, fiel der nur spärlich mit Gras bewachsene Boden schräg nach unten ab. Dahinter dehnte sich eine flache, von der Trockenheit rissige Ebene nach allen Richtungen aus. Sie war nicht bewachsen, er sah weder Bäume noch Sträucher, nur ein dürrer Ast ragte wie ein Arm aus dem Boden.

Was bedeutete das? Er hatte doch das Ende der Wüste erreicht gehabt, war dann auf einen Pfad gestoßen – aber dem Pfad in der falschen Richtung gefolgt, sodass er nun wieder zur Takla-Makan zurückgekehrt war. Gab es eine andere Erklärung? Sprachen nicht alle Fakten dafür? Sie taten es und es war töricht, sich etwas vorzumachen. Die Erkenntnis war schrecklich, sie war für ihn in dieser Minute sogar schrecklicher als alles, was er in den letzten Tagen schon hatte mitmachen müssen. Was konnte er tun? Konnte er überhaupt noch etwas tun? Die Enttäuschungen hatten ihn wachgerüttelt. Die Nebel der Erschöpfung waren gewichen und sein Verstand arbeitete klar. Die Ebene vor ihm zeigte, dass alle Hoffnungen auf rasche Hilfe unerfüllbar bleiben mussten.

Irgendetwas machte ihn aufmerksam. Sein Blick, der wieder und wieder über die Ebene strich, blieb an dem rissigen Holz hängen, das aus dem trockenen Schlamm ragte. Treibholz! So sah nur Holz aus, das lange im Wasser gelegen hatte. Dann befand er sich also doch am Ufer des Khotan-Darja. Nur der Fluss war ausgetrocknet! Ausgetrocknet! Das Holz war zurückgeblieben, als der Fluss nach der Frühjahrsschmelze schließlich versiegte.

Verzweifelt blickte er auf das leere Flussbett. Kein Wasser! Der Khotan-Darja, auf den er seit Tagen und Wochen alle Hoffnungen gesetzt hatte, führte kein Wasser mehr, war ausgetrocknet, nicht anders als die Takla-Makan selbst. Die Stille, die über die Landschaft lastete, die trostlose Leere der verdämmernden Steppe ließen ihn seine verzweifelte Lage nur noch tiefer empfinden.

Er blickte nach links und nach rechts, doch die grasige Böschung war überall gleich steil, so weit sein Blick in der beginnenden Dämmerung auch reichte. Sollte er nicht umkehren? War es nicht ehrlicher, zuzugeben, dass er einen Fehler gemacht und die falsche Richtung gewählt hatte? Was hatte es für einen Nutzen, weiter und weiter zu tappen, ohne Sinn und ohne echtes Ziel! War es nicht würdevoller, menschlicher, zu Kasim zurückzukehren, um gemeinsam das Ende zu erwarten?

Die Beine zitterten ihm von den Anstrengungen der letzten Minuten. Er blickte unschlüssig hinab. Der Abstieg zum eigentlichen Flussbett war zu machen, sah er. Unüberwindlich war die Böschung nicht. Sein Entschluss, einfach umzukehren, geriet ins Wanken. Er seufzte und wischte sich über die Stirn. Insgeheim wartete er darauf, dass ihm jemand die Entscheidung abnehmen würde.

Dann ließ er sich plötzlich nieder und rutschte, Beine voran, den Hang hinab. Es ging sehr viel besser, als er erwartet hatte. Er erreichte den Boden, raffte sich auf und tappte vorwärts, in Richtung Osten. Je weiter er kam, umso mehr war er innerlich überzeugt, das Falsche zu tun. Es gab nur hie und da eine Grasinsel und in großen Abständen die vertrockneten Halme eines Schilfgestrüpps in dem rissigen, mit Sand vermischten Lehmboden.

Eine halbe Stunde später begann er dann zu stolpern, auszugleiten und schließlich stürzte er erschöpft auf den Boden. Er kämpfte sich wieder empor und schlurfte in der alten Richtung vorwärts. Aber schon zweihundert Meter weiter fiel er erneut und dann wieder und wieder und jedes Mal brauchte er länger, ehe er auf die Füße kam und den Marsch fortsetzte. Gleichzeitig erfolgte jeder Sturz nun in immer kürzeren Abständen.

Er bewegte sich dabei fast ohne Bewusstsein, nicht anders als ein Schwerbetrunkener einen weiten, nachtdunklen Platz zu überqueren sucht. Nur ganz allmählich löste sich die gegenüberliegende Uferböschung als schwarzer Schattenstreifen aus der Dämmerung. Im ersten Sternenlicht erschien das Buschwerk mit dem breiten Schilfrand davor blasssilbern.

Welch ein Land! Minutenlang, ohne sich seines Tuns voll bewusst zu werden, starrte er auf das leere Flussbett und den Pflanzensaum dahinter. Er dachte an nichts und war nur Auge und Ohr. Eine Pappel, die das letzte Hochwasser mitgerissen hatte und hier liegen geblieben war, reckte den kahlen Stamm wie ein erstarrtes Krokodil ins Leere. Die Spannung, mit der er die verdämmernde Landschaft prüfte, der heftige Druck, der von der Stille ausging, ließen ihn kaum atmen.

Nichts bewegte sich vor ihm. Er hörte keine anderen Geräusche als das Flüstern des Windes im Schilf. Es klang, als raschele jemand mit Papier. Oder war da nicht doch etwas? Laute, die er seit Wochen nicht mehr vernommen hatte. Jetzt hörte er es wieder – ein scharfes Geräusch, ein Schnarren und Klatschen von Wasser. Wasser! Ein schwerfälliger Körper strich flatternd über das schwarze Gesträuch und flog davon – eine Wildente oder Wildgans.

Sekunden später – seine Beine bewegten sich wie von selbst – stand er am Rande eines breiten Tümpels. Das Wasser sah an den Rändern schwarz und tief aus. Nur in der Mitte, wo das Sternenlicht es traf, schimmerte es in zarten silbernen Rillen. Tastend fuhr er sich über die brennende Stirn und schob die Pelzmütze zurück. Träumte er? Eine Halluzination? In den letzten Stunden hatte er so oft zwischen Bewusstlosigkeit und Delirium geschwebt, dass er sich seiner Sinne nicht mehr völlig sicher war. Verrückt! Jetzt war er hellwach und dennoch überzeugt einer Täuschung aufzusitzen!

Wasser! Die Vorstellung, hier auf Wasser gestoßen zu sein, erschien ihm zu absurd, um ihr Glauben schenken zu können. Wie abwesend schüttelte er den Kopf. Dann ließ er sich umständlich nieder und fuhr mit der Hand, behutsam und schwerfällig zugleich, durch das kühle, fast kalte Wasser.

»Tatsächlich Wasser . . .«, lallte er.

Ohne es zu wissen, rieb er die Zunge gegen den ausgetrockneten Gaumen. Dann beugte er sich nach vorn. Sein Gesicht war jetzt über dem Tümpel und seine Kehle schwebte am Rand einer köstlichen Erwartung.

Gleich würde er trinken und die Folterqualen, die Zunge und Gaumen litten, lindern. Noch einmal richtete er sich auf und aus einem Grunde, den er später nie erkennen konnte, fasste er zum Puls. Er war kaum mehr spürbar. Neunundvierzig Schläge zählte er. »Neunundvierzig . . .«, murmelte er. »Nicht zu fassen . . . nur neunundvierzig.«

Dann beugte er sich vor und schöpfte das Wasser mit den Händen. Kühl, eine noch immer unvorstellbare Verlockung, rieselte es ihm über die Finger. Es musste ein Traum sein – ein herrlicher Traum, aber eben nicht mehr. Er fühlte, wie es weich und köstlich auf der Zunge schwamm und den Mund füllte. Er schluckte und schluckte. Die Lippen verloren die schmerzhafte Spannung. Das Wasser tropfte aus seinen Mundwinkeln, lief über das stoppelige Kinn und durchnässte sein Hemd. Er keuchte und stöhnte, glaubte ersticken zu müssen, aber er konnte nicht innehalten.

Durfte er überhaupt so viel trinken? War das nicht selbstmörderisch? Er zitterte vor Angst und Gier und gleichzeitig wartete er auf ein Zeichen, das ihm die Entscheidung abnahm. Er zögerte, trank erneut und wartete dann, horchte in sich hinein.

Minuten verrannen. Konnte man wirklich so viel trinken? Oder würde er nun nur umso sicherer sterben müssen? Er stöhnte. Sein leerer Magen wehrte sich gegen die Unmengen von Wasser. Er verspürte den dumpfen Drang zum Erbrechen. Aber gleichzeitig war da eine brennende, köstliche Erwartung, die den Durst nur um so quälender machte.

Er trank erneut, verschluckte sich, geriet ins Husten und trank wieder. Schließlich sank er zurück. Wie müde er war. Er schloss die Augen und döste in einer wohligen Schwäche vor sich hin. Er wollte nur schlafen, nichts anderes besaß noch Bedeutung. Wie herrlich das war, dieser Schlaf . . .

Wie lange er so lag, wusste er nicht. Zehn Minuten, vielleicht eine Viertelstunde? Kasim! Die Erinnerung an den Gefährten durchzuckte ihn wie ein Feuerstrahl. Er durfte ihn nicht im Stich lassen. Wenn Kasim sterben sollte, würde er sich das nie verzeihen können. Aber wohin sollte er das Wasser tun? Er hatte zwar den Spaten mitgeschleppt; aber er besaß kein Gefäß. Sollte nun, da er wider alle Wahrscheinlichkeit doch noch eine Wasserstelle entdeckt hatte, das Ganze daran scheitern, dass er keinen Topf und keinen Schlauch besaß, um das Wasser zu befördern? Verdurstende legten ihre Kleider aus, um den Regen damit aufzufangen. Doch dazu war der Weg einfach zu weit. Was konnte er sonst tun? Sein Blick blieb an den Stiefeln haften. Wenn er sie auszog, mussten sie immerhin einige Liter aufnehmen können.

Das war die Lösung!

Er zerrte die Stiefel von den Füßen, schwenkte sie aus und füllte sie mit Wasser. Dann schob er den Spaten durch die Schlaufen und hob sie behutsam auf die Schulter. Noch vor einer halben Stunde hätte er sich dieser Arbeit nicht gewachsen gefühlt.

Sehr langsam, aber ohne jede tödliche Erschöpfung kehrte er um. Er erreichte das Westufer des Trockenflusses und erkletterte die Böschung. Plötzlich ging der Mond unter, die schwache Helligkeit wich einer pechschwarzen Finsternis. Sobald er zwischen den Bäumen war, hielt er an und lehnte sich gegen einen der Stämme.

Nichts bewegte sich. Er wollte warten, bis sich seine

Augen an die Dunkelheit gewöhnt hatten. Doch das blieb aussichtslos, musste er erkennen. So schritt er von Baum zu Baum vorwärts und zerteilte mit der freien Hand das Buschwerk, das ihm im Wege stand. Schließlich blieb er wieder stehen und rief den Namen des Treibers.

In der Stille musste seine Stimme doch zu hören sein. Er lauschte mit angehaltenem Atem. Nichts! Keine Antwort, nur das sanfte, monotone Rauschen der Blätter im Nachtwind.

»Kasim! – *Wasser! – Ich habe Wasser gefunden! – Wo bist du . . .*«, brüllte er mit aller Kraft, derer er fähig war. Für zwei, drei Minuten blieb alles ruhig. Nur der verschlafene Ruf eines Nachtvogels und das eifrige, versponnene Zirpen der Grillen waren zu hören.

Warum antwortete Kasim nicht? Hedin fuhr sich über die Stirn. Er schwitzte und stellte mit Überraschung fest, dass sein Hemd ganz nass und kühl war. Was konnte er jetzt noch tun? Die Spannung hatte für einige Augenblicke nachgelassen; er spürte seine Ermüdung und die allgemeine Erschöpfung wieder stärker. Die Sehnen in seinen Oberschenkeln waren verkrampft und zitterten ein wenig. Es hatte keinen Sinn, jetzt weiterzuforschen. Wenn er mit dem Wasser stürzte oder auch nur stolperte, war alles umsonst gewesen. Er musste warten und morgen mit dem ersten Licht die Suche wieder aufnehmen.

Er zögerte. Vielleicht gab es noch eine Chance, den Treiber zu erreichen, wenn er ein Feuer entzündete. Der Schein einer Flamme musste über große Strecken des Waldes zu sehen sein.

Das Holz war trocken. Er sammelte dürre Zweige und kleinere Aststücke. Kasim konnte nicht sehr weit entfernt sein, falls er sich nicht aufgemacht hatte, ihm zu folgen und dabei in die falsche Richtung gegangen war. Das Feuer flammte auf und fraß sich durch das Holz. Lange Zeit hockte er mit untergeschlagenen Beinen auf dem weichen Waldboden, den Rücken gegen einen Baumstamm gelehnt, und starrte in die gelbroten Flammenbündel. Doch nichts geschah. Er hörte keine Rufe und niemand kam in seine Nähe. Schließlich schlief er ein.

Als er fünf Stunden später erwachte, glühte das Feuer noch immer unter der Asche und eine schwarze Rauchsäule quoll empor. Er deckte die Glut mit Erde zu, dann drängte er sich durch das Buschwerk und suchte die Spuren, die er gestern hinterlassen hatte. Er fand sie ohne sonderliche Mühe, dann kehrte er um und holte die Stiefel.

Er brauchte weniger als eine Viertelstunde, um Kasim aufzuspüren. Der Treiber lag noch an derselben Stelle. Hedin kniete neben ihm nieder.

Kasim schlief nicht. Er öffnete die Augen und blickte Hedin an. »Ich sterbe . . .«, flüsterte er mit einem sonderbaren Röcheln in der Kehle, wie es Hedin noch nicht bei ihm vernommen hatte.

»Sterben? Warum denn? Was ist geschehen?«

»Es ist vorbei . . .«

»Unsinn!«, sagte Hedin. »Du wirst nicht sterben – jetzt nicht mehr. Ebenso wenig wie ich. Ich habe Wasser mitgebracht.«

Der Treiber verstand nicht.

»Begreifst du? Ich habe Wasser. Wasser!«

Kasim rührte sich nicht.

»Ich habe Wasser, Bruder. So viel Wasser, wie du nur trinken kannst.«

Der Treiber verstand noch immer nicht. Er schloss die

Augen und verlor langsam das Bewusstsein. Hedin kniete ratlos vor ihm. Was konnte er tun? Bisweilen lief ein Zittern über das ausgemergelte Gesicht unter ihm und die Lippen bewegten sich. Aber er konnte die Worte nicht verstehen. Schließlich packte er den Bewusstlosen an den Schultern und schüttelte ihn.

»Kasim! Hörst du mich? Ich bin zurückgekommen – zurückgekommen, weil ich eine Wasserstelle gefunden habe.«

»Was? Waas? . . . Ich verstehe nicht.«

»Ich habe Wasser mitgebracht. – *Wasser!*«

»Möge der Prophet sich meiner annehmen«, murmelte Kasim.

Hedin griff nach einem der Stiefel und hielt ihm den Treiber an die Lippen. »Wasser . . . Es ist Wasser, Bruder. Du kannst trinken.«

Das Wasser lief ihm über die Lippen und bahnte sich einen Weg über das Kinn zum Hals. Aber dann trank er. Er öffnete den Mund und trank mit einer wilden, verzweifelten Gier, als fürchte er in den nächsten Sekunden aus einem Traum gerissen zu werden. Schließlich griff er mit beiden Händen nach dem Leder und setzte erst ab, als der Stiefel leer war. Minuten später trank er auch das übrige Wasser.

»Am besten, wir brechen jetzt auf«, sagte Hedin. »Am Tümpel gibt es noch mehr Wasser . . .«

»Im Augenblick brauche ich kein Wasser . . .«

»Schon recht. Trotzdem sollten wir aufbrechen. Du darfst nicht vergessen, dass wir noch keineswegs in Sicherheit sind.«

Kasim blickte plötzlich auf. Sein Verstand war klar, so viel sah Hedin sofort. »Lass mich doch liegen, Herr. Ich kann nicht.«

Hedin zögerte. Vielleicht war es tatsächlich besser, ihm noch etwas Zeit zu lassen. »Gut«, sagte er. »Dann bleibst du eben noch, und wenn du dich kräftiger fühlst, folgst du meiner Spur. Du kannst sie nicht verfehlen. Alle anderen sind Wochen und sogar Monate alt.« Plötzlich fand er die Lösung: »Ich gehe zunächst zur Wasserstelle und dann weiter südwärts. Du brauchst nur dem Flussbett zu folgen.«

Er zog die Stiefel an und eine knappe Stunde später erreichte er die Wasserstelle wieder. Sein Körper war noch immer schwach und er spürte die Nachwirkungen der letzten Gewaltmärsche in allen Muskeln. Doch die Müdigkeit, die ihn jetzt erfüllte, hatte nichts mit der tödlichen Erschöpfung gemein, die ihn bis gestern Nacht beherrscht hatte.

Er trank, dann zog er sich aus und ging in das Wasser. Wie herrlich! Hedin seufzte in sich hinein, ließ sich langsam nieder, bis nur der Kopf über die Wasseroberfläche ragte, und reckte das Gesicht der Morgensonne entgegen. Es war noch früh, aber die Hitze schon fast greifbar über dem Wasser. Er spürte, wie sich die Sonnenstrahlen durch die Augenlider bohrten und auf der Regenbogenhaut wilde rote Kreise entstehen ließen.

Er setzte sich wieder aufrecht, schlang die Arme um seine Knie und sah das Flussbett entlang. Es war leer, weiß und öde, nur hin und wieder von einer Schilfinsel unterbrochen, soweit sein Blick reichte, eingefasst nur von dem schwarzgrünen Saum des Waldes.

Er verdankte seine Rettung allein der Tatsache, dass er gerade an dieser Stelle auf den Khotan-Darja gestoßen war. Hundert Meter weiter nach Süden oder Norden, und er hätte diese Wasserstelle niemals gefunden. Er wäre vorübergetappt und weiter und weiter. Wahrscheinlich läge er jetzt irgendwo in dem Wald, drei oder auch fünf Kilometer entfernt, hoffnungslos zusammengebrochen und unfähig sich jemals wieder zu erheben. Möglicherweise hätte es dann Jahre oder Jahrzehnte gedauert, ehe ihn ein zufällig vorbeikommender Nomade fand – oder das, was dann noch von ihm übrig geblieben war.

Noch war er allerdings nicht endgültig gerettet, machte er sich klar. Er erhob sich, stand in dem flachen Wasser und schüttelte den Kopf, um die Ohren wieder klar zu bekommen. Wie herrlich! Wie einzigartig schön! Doch er musste weiter. So sauber, so angenehm, so wunderbar das Wasser hier auch war, er konnte es sich nicht leisten, einen ganzen Tag zu verlieren. Nachdem sein Durst jetzt gestillt war, spürte er zum ersten Mal wieder, dass er seit Tagen nichts gegessen hatte – und er besaß keine Lebensmittel mehr. Nichts, gar nichts. Sein Körper konnte sich jedoch nur erholen, wenn er auch aß. Aber wo sollte er etwas Essbares finden?

Das Wasser tat gut, wirklich gut. Er machte einen Überschlag und schwamm mit zwei, drei kräftigen Stößen zu seinen Kleidern zurück.

Eine halbe Stunde später brach er nach Süden auf. Doch das Wetter begann sich zu verändern. Noch vermochte er nicht auszumachen, was es eigentlich war. Ein fahler schiefergrauer Dunst überzog allmählich den Himmel. Die Luft wirkte trockener, bleiern, bewegungslos. Das Ganze entwickelte sich sehr langsam. Eine Stunde später waren die Umrisse des Waldes in dem Dunst verschwunden. Er beschleunigte die Schritte. Doch dann wurde ihm klar, dass er dem Sturm keineswegs davonlaufen konnte, gleichgültig, was er auch tat.

Er kam an einer zweiten Wasserstelle vorüber. Das

Wasser schmeckte nicht. Es wirkte alt und abgestanden, außerdem wimmelte es von Insekten und Kaulquappen. Sicherlich eine erstklassige Gelegenheit, sich ein Fieber zu holen, durchzuckte es ihn. Doch sein Durst in der schneidenden Hitze war bereits zu groß, um der Versuchung noch widerstehen zu können.

Nun verspürte er echten Hunger, einen Hunger, wie er ihn seit Wochen nicht erlebt hatte. Was konnte er essen? Er versuchte es mit Gras, mit jungen Schilftrieben und Blättern und gab es wieder auf. Kaulquappen? Warum nicht Kaulquappen? Schließlich aß man auch Schnecken, Krebse und Frösche. Warum denn nicht auch Kaulquappen? Er fuhr mit der Hand durch das Wasser, sammelte einige der zappelnden Tiere ein und steckte sie in den Mund.

Sie waren glitschig und widerlich, dazu wirkten sie kalt, sehr viel kälter, als sie wirklich sein konnten, beinahe wie Tiefgefrorenes. Er musste sie trotz des Hungers, den er verspürte, wieder ausspucken. Es würgte ihn.

Inzwischen war es beinahe finster geworden. Das musste der Buran sein, der schwarze Sturm, wie ihn die Turkmenen nannten. Keine ganz leichte Sache, wie ihm Islam Bai erzählt hatte. Der Buran konnte mit jeder Sekunde losbrechen. Der Himmel hatte eine einheitliche Färbung angenommen: die bleiern grüne Farbe undurchsichtigen Glases; aber dennoch war ein heller Schein vorhanden, als ob eine starke Lichtquelle hinter dem Glase stünde.

Was sollte er tun? Er richtete sich auf und suchte nach einem geeigneten Versteck. Den besten Schutz fand er im Wald. Er begann zu laufen.

Auf halber Strecke traf ihn ein bösartiger Windstoß

und warf ihn beinahe um. Dann war er vorüber und er lief weiter. Der Sand kam sanft hernieder und hüllte ihn ein. Noch raubte es ihm nicht die Sicht. Er sah eine Hecke zwischen zwei Bäumen und warf sich dort nieder. Mit dem Spaten hob er eine Art Schutzwall aus und kroch dahinter.

Eine einzige brüllende schwarze Gewalt schien plötzlich die Welt zu beherrschen. Hedin hatte die Stiefel als Kopfpolster zusammengefaltet und das Gesicht mit der Pelzmütze geschützt. Mehr ließ sich nicht tun. Er konnte nur warten und hoffen, dass sich das Zentrum des Orkans nicht gerade über dem Wald befand.

Zuweilen hörte er einen Vogelruf über sich. Es waren Klagelaute, von aufflatternden Tieren ausgestoßen, die ihre Verstecke hatten aufgeben müssen.

Irgendwann während der Nacht verlor der Sturm seine brüllende Wildheit, und als Hedin sich nach Mitternacht vom Sand befreite, entdeckte er einen klaren Himmelsstreifen, der zwar noch schmal war, aber die ersten Sterne freigab. Am Morgen hatte sich der Buran endgültig gelegt und er konnte seinen Marsch wieder aufnehmen.

Den ganzen Vormittag tappte er weiter nach Süden und folgte dem Flussbett. Wieder litt er unter Atemnot und sein Gesicht glühte vor Hitze und Anstrengung. Bis Khotan, rechnete er, mussten es rund zweihundertfünfzig Kilometer sein, eine Strecke, für die er in seinem geschwächten Zustand eine volle Woche brauchte, falls er sie überhaupt durchstand. Doch dieses Problem bereitete ihm im Augenblick keine Sorge. Viel wichtiger war der Hunger, der sich immer quälender bemerkbar machte. Lange würde er es nicht mehr aushalten können, spürte er.

Die Gegend hatte sich verändert, war fruchtbarer geworden. Die Bäume standen dichter, ihr Laubwerk wirkte üppiger und die Hänge waren mit hüfthohem Buschwerk bewachsen, unterbrochen von breitblättrigen Pflanzen und Grasflächen. Ganz sicher konnten Nomaden hier ihre Herden weiden. Doch so aufmerksam er auch Ausschau hielt, er sah weder Menschen noch Tiere. Alles war von gleißender Sonne und trockener Hitze erfüllt. Am Mittag ruhte er für eine Stunde, dann setzte er seinen Vorstoß nach Süden bis zum Abend fort.

Am nächsten Morgen war er schon mit dem ersten Licht wieder auf den Beinen. Das endlose, mühselige Marschieren hatte ihn in bleierne Müdigkeit fallen lassen, aber er hielt sich weiter in Bewegung, während er beinahe schlief.

Am Spätnachmittag sah er im Sand des Flussbettes mehrere Fährten. Es waren die Spuren von Menschen und Tieren, die hier vorbeigekommen waren. Aber was wichtiger war – die Spuren waren ganz frisch. Vielleicht erst eine Stunde oder zwei alt. Er hastete aufgeregt umher und zählte die Hufeindrücke von vier Eseln, die man nach Südosten getrieben hatte. Das konnten nur Nomaden gewesen sein.

Während er die Stapfen musterte, deren Ränder noch nicht zu bröckeln begonnen hatten – ein Zeichen dafür, dass sie noch keine Stunde alt sein konnten, hörte er einen Laut, der nicht in die Wildnis passte. Er richtete sich auf und lauschte. Um ihn war große Stille. Der Wald schwieg geheimnisvoll.

Dann hörte er den sonderbaren Laut wieder – das Brüllen einer Kuh. Eine Täuschung war ausgeschlossen. Eine Kuh! Also mussten auch Menschen in der Nähe sein. Wie zur Bestätigung seiner Überlegung hörte er, dass sich Männer in fremden, seltsam hohen Lauten erregt unterhielten. Nomaden! Das konnten nur Viehhirten sein. Jetzt vernahm er auch das lang gezogene Blöken von Schafen.

Er versuchte eine Entscheidung zu treffen, fühlte sich aber zu schwach und lief in die Richtung, aus der die Laute gekommen waren. Nach zweihundert Meter drängte er sich durch das Buschwerk und stand einem Mann in mittleren Jahren gegenüber.

Niemals würde er das Gesicht des Nomaden vergessen. Es war dunkelbraun, geprägt von einem jahrzehntelangen Leben in Hitze, Kälte und eisigen Winden. Die Haut um die Augen, Wangen und Nasenflügel war fest gespannt, sodass sie dem Gesicht einen besorgt forschenden Ausdruck gab. Sein Blick erfasste jede Unreinheit der Haut. Er sah die Falten auf der Stirn unter dem schmutzig grauen, lose geschlungenen Turban, eine kleine Warze neben der Nase und die Narbe an der Schläfe, die wahrscheinlich rituelle Bedeutung besaß und die Stammeszugehörigkeit verriet.

Zehn Sekunden blickten sie einander wortlos an, dann verbeugte sich Hedin.

»Salam alaikum – Friede sei mit dir!«, sagte er. Ihm fiel nichts anderes ein. Der Mann antwortete nicht. Das Messer war ihm bei der unerwarteten Begegnung aus der Hand gefallen und lag neben seinem rechten Fuß. Plötzlich wandte er sich ab und rannte davon. Wahrscheinlich wollte er seine Gefährten benachrichtigen.

Hedin blieb zurück und lehnte sich gegen einen der Stämme. Die grasenden Kühe, dazwischen die Schafe, die nichts in ihrem Eifer beirren konnte. Welch ein Bild! Die Stille um ihn her war vollkommen, was er erlebt und erlitten hatte, unwirklich. Er war gerettet! Noch spürte er nur Erleichterung. Die Beine zitterten ihm, als er den Nomaden in Begleitung eines anderen auf sich zukommen sah.

Beide waren ärmlich gekleidet. Über dem langen Gewand aus ungefärbtem Leinen trugen sie einen geflochtenen Ledergürtel, in den sie ihre wichtigsten Habseligkeiten gesteckt hatten. Neben dem Feuerstein ragte der Griff eines langen, geschwungenen Messers hervor, das in einer Messingscheide steckte. Dicht dabei hing ein Beutel, in dem sie wahrscheinlich ihren Tee aufbewahrten. Ihre Stiefel waren aus Schafleder genäht. Die Schäfte hatten sie mit Stricken verschnürt.

Der Ältere der beiden hatte einen sprossenden Schnurrbart, dessen Spitzen beinahe bis zu den Ohren reichten, ein vergrämtes, wetterhartes Gesicht und dunkle, anscheinend von einer Erkältung ein wenig angegriffene Augen. Die beiden blieben in achtungsvoller Entfernung stehen.

Hedin verbeugte sich, die zwei erwiderten die Verbeugung mit umständlicher Feierlichkeit. Es folgten die übrigen Höflichkeiten. Dann berichtete Hedin in kurzen Worten über die Geschehnisse der letzten Wochen.

Die beiden antworteten nicht sofort; aber es war unverkennbar, dass sie die Erlebnisse nur mit äußerstem Misstrauen aufgenommen hatten.

»Wo – wo willst du hin, Herr?«, fragte der ältere Hirte und starrte Hedin aus seinen tief liegenden, geröteten Augen mit gespannter Neugier an.

»Ich muss nach Khotan.«

»Wie?«, fragte er mit einem Ausdruck der Verwunderung im Gesicht. Er schien nie von dieser Stadt gehört zu haben.

»Khotan«, sagte Hedin. »Ich muss nach Khotan ... Kh-o-tan ...«

»Ich verstehe nicht«, sagte der Nomade.

»Khotan! Khotan!«, rief der Jüngere plötzlich dazwischen. »Khotan! Er sagt, dass er nach Khotan will. Er will nach Khotan.«

»Ah-h!,« rief mit plötzlich erleuchteter Miene der andere aus. »Er will nach Khotan! Ich verstehe – Khotan.«

Hedin kam es vor, als habe er das Wort genauso ausgesprochen, wie es der Jüngere aussprach, aber er wiederholte.

»Ja, nach Khotan. Ich muss auf dem schnellsten Weg nach Khotan.«

Der Ältere starrte ihn in sprachloser Verwunderung an, dann drehte er den Kopf seinem Begleiter zu. »Er will tatsächlich nach Khotan«, sagte er verblüfft.

»Ah-h-h!«, rief der jetzt mit der Miene eines endlich Wissenden, als habe er nicht gerade erst den anderen aufgeklärt, und dann schwiegen sie beide still und starrten wieder den rätselhaften Fremden, der da aus dem Nichts plötzlich vor ihnen erschienen war, neugierig an.

»Wie heißt du?«, fragte der ältere Nomade, immer noch den rätselhaft betretenen Starrblick in den tief liegenden Augen.

»Hedin. Sven He-din.«

»He – din –?« Die beiden lächelten zweifelnd. Der Name ergab für sie keinerlei Sinn.

»Und euer Name? Wie heißt ihr?« Hedin war nicht wirklich interessiert. Aber der Gebrauch des Namens gab den Beziehungen etwas Persönliches, hatte er gefunden. »Darf ich auch erfahren, wie ihr heißt, Brüder?«

»Ich – Togda Bai«, sagte der Jüngere und deutete auf seine Brust. »Das Jussuf Bai.« Er zeigte auf den Begleiter.

»Und dort – Pasi Achun.« Er wies zwischen die Bäume, wo Hedin jetzt ein drittes Gesicht sah, das sich scheu gegen einen der Pappelstämme drückte.

»Woher kommst du?«, fragte Togda Bai nun, da er seine Scheu überwunden hatte. Er war offensichtlich der geistig Beweglichere.

Hedin hatte die Frage beantwortet, aber er wusste auch, dass diese Menschen, die nur in Abständen von Wochen oder Monaten Fremde trafen, anders reagierten. Er machte eine ausholende Geste. »Ich bin ein Fremder. Ich komme von weit her.«

»Ah-h! Ein Fremder . . .« Er wandte sich an Jusuf Bai. »Er ist ein Fremder. Er kommt von weit her.«

»Ah-h!«, nickte der Alte. »Ich verstehe. Er ist fremd. Woher kommt er?«

»Er sagt, er kommt von weit her. Ich kenne ihn nicht.«

»Du kannst ihn auch nicht kennen. Er ist fremd.«

Sie blickten Hedin an und lächelten.

»Ich habe seit einigen Tagen nichts gegessen. Meine Vorräte sind alle verloren. Ich habe großen Hunger«, sagte Hedin.

»Er hat seit Tagen nichts gegessen«, sagte der Jüngere.

»Ich verstehe«, murmelte der andere, ohne den Blick von Hedin zu lassen. »Er hat Hunger.«

Hedin machte die Geste des Essens und deutete das Kauen an. »Ich habe großen Hunger. Kann ich etwas zu essen erhalten? Ich habe seit vielen Tagen nichts mehr gegessen.«

»Er will etwas essen«, sagte Togda Bai. »Er hat Hunger und fragt, ob er etwas zu essen bekommen kann.«

»Essen? Er will essen, aber ja!«

Der Alte deutete auf eine Hütte aus vier Pfählen und einem Reisigdach, die unter einem Baum errichtet war. Auf dem grasigen Boden lag eine alte, schmutzige Decke, die offensichtlich als Tisch und Sitzgelegenheit diente.

Hedin ließ sich nieder und Togda Bai brachte ein Stück Fladenbrot, das die Hirten selbst gebacken hatten. Er setzte sich Hedin gegenüber. Nun kam auch der Jüngere heran, und während Hedin aß, begann der Alte ihn mit seiner gespannten, rätselhaft betretenen, tierhaft wachsamen Neugier vom Kopf bis zu den Stiefel aufs Eingehendste zu beobachten. Er sah sich die Stiefel an, die Hosen, das Hemd und schließlich betrachtete er auch die Mütze.

»Das ist gut, das da!«, sagte er und deutete auf die Kleidung.

»Ja, es ist schon brauchbar.«

»Gutes Zeug, eh?«, sagte er anerkennend und lächelte wohlwollend. »Gutes Leder, gute Stoffe . . .«

Die beiden begannen ihre Prüfung von neuem und richteten dann ihre Aufmerksamkeit auf Hedin selbst.

»Warum gehst du nach Khotan?«, fragte Jusuff Bai nach einer Weile. »Hast du Geschäfte dort?«

»Nein. Ich gehe nur hin, um mir die Stadt anzusehen. Es soll eine sehr alte und sehr berühmte Stadt sein.«

»Wie?«, wiederholte er nach einem schweren Atemzug und blinzelte verständnislos. »Sie ist sehr alt und sehr berühmt . . . Allah ist mein Zeuge, ich weiß nicht, warum du hingehst.«

»Ich meine, ich habe keine Geschäfte dort. Ich verdiene dort kein Geld. Ich möchte nur die Stadt einmal kennen lernen und meine Vorräte ergänzen, wenn das möglich ist.«

»Wie?«, wiederholte der Hirte und zog die niedrige Stirn in Falten. »Das verstehe ich nicht!«

Hedin kaute, ohne zu antworten.

»Er sagt, der hat keine Geschäfte in Khotan«, warf Togda Bai ärgerlich dazwischen. »Er ist kein Kaufmann. Kannst du das nicht verstehen?«

»Ich verstehe nicht, was er sagt«, murmelte der alte Mann. »Er spricht unsere Sprache nicht gut.«

»Ich sage dir, er spricht sie sehr gut«, behauptete Togda Bai ungeduldig. »Ich verstehe ihn ganz richtig. Du bist's, der dumm ist.«

Nun schwieg der Alte eine Zeit lang, rieb sich das Gesicht, als fürchte er insgeheim nur einem Traum aufgesessen zu sein und sah Hedin mit freundlichen, rätselhaft betretenen Augen an.

»Die Wüste ist groß – viel größer, als man denken sollte, eh?«, fragte er schließlich und machte eine mit beiden Händen ins Weite weisende Gebärde.

»Ja, sie ist ungeheuer groß, wenn die Kamele erst sterben und man zu Fuß gehen muss.«

»Wie?«, fragte der Alte wieder mit jenem betretenen, geduldigen Blick. »Ich verstehe nicht«, erklärte er und beugte den Kopf vor.

»Er sagt, die Wüste ist ungeheuer groß, besonders wenn man keine Kamele mehr hat und den Weg mit den Füßen gehen muss«, rief sein Begleiter gereizt dazwischen. »Ich kann alles verstehen, was er sagt. Jedes Wort, das er sagt. Er spricht unsere Sprache gut.«

Und nun entstand minutenlang ein tiefes, unbeholfenes Schweigen.

Niemand sprach. Der alte Mann rieb sich das stoppelige Gesicht; mehrere Male schien es, als wolle er sprechen, dann aber kam der rätselhafte, betretene Blick in die kleinen Augen und er sagte nichts. Hedin fühlte sich nach wenigen Bissen gesättigt und legte das Brot beiseite. Als der Jüngere das sah, brachte er eine Holzschale mit Schafmilch.

Der Alte beugte sich vor, lächelte väterlich und tippte Hedin mit einem großen, steifen Finger gegen den Oberarm.

»Milch vom Schaf. Gut!«

Hedin wiederholte gehorsam die Worte, wie sie der Nomade gesagt hatte.

Die beiden strahlten entzückt auf, sie nickten zustimmend und riefen aus: »Ja. Bei Allah, ja! Sehr gut.« Der Alte wandte sich an den Jüngeren. »Das war richtig, eh?«

»Aber ja. Vollkommen richtig.«

Dann deutete der Alte auf die Ziegen und Kühe, machte mit beiden Händen eine alle Tiere umfassende Geste und sagte wiederum langsam und geduldig:

»Ziegen – Kühe.«

»Ziegen – Kühe«, wiederholte Hedin pflichtbewusst und der Nomade erklärte mit einem bekräftigenden Kopfnicken:

»Gut. Bei Allah, sehr gut! Du sprichst das sehr gut. In kurzer Zeit wirst du alles sehr gut sprechen können.« Dann deutete er auf die Tiere, die beieinander weideten und sagte sanft:

»Unsere Herden.«

»Unsere Herden«, antwortete Hedin.

»Ich sage dir«, rief Togda Bai empört, »dass der Fremdling alle diese Worte kennt. Er spricht unsere Sprache sehr gut. Du bist nur zu dumm, um ihn zu verstehen, das ist es!«

Der Alte erwiderte hierauf nichts, sondern stand einfach auf und sah Hedin mit einem gütigen, zustimmungsvollen Gesicht an. Dann, etwas schneller als zuvor, deutete er auf die Tiere und sagte:

»Schafe . . . Ziegen . . . – unsere Herden.«

Hedin wiederholte die Worte und der Alte nickte kräftig und mit Befriedigung. Dann sprach längere Zeit niemand. Schließlich holten sie ihre Bündel und machten sie für die Nacht zurecht. Wenig später verließen sie die Hütte, um zwischen ihren Tieren zu schlafen.

Als Hedin am nächsten Morgen erwachte, war er allein. Die Nomaden waren mit ihrer Herde weitergezogen. Eine Schale Milch und ein Brot hatten sie zurückgelassen. Hedin sah auf die Habseligkeiten in der Hütte und wandte den Blick ab. Es war eine Hülle des Schweigens um sie wie um diese Menschen. Das Gespräch mit ihnen gestern schien bereits weit zurückzuliegen, hatte geradezu etwas Unwirkliches für ihn. Fast als habe er mit Menschen aus einem anderen Zeitalter gesprochen. Er beschloss den Tag in dem Lager zu verbringen und den Marsch dann am nächsten Morgen fortzusetzen.

Am Nachmittag schreckte er plötzlich auf, als sich in einer grauen Staubwolke ein Reitertrupp der Hütte näherte. Es waren drei Karawanenkaufleute, schätzte Hedin, Turkmenen in langen, bis zu den Stiefeln reichenden Hosen und knielangen Gewändern. Sie waren verschwitzt und schmutzig, aber ihre grauen Turbane waren aus Seide, die sich nur wohlhabende Leute leisten konnten.

Sie saßen ab und deuteten eine Verbeugung an, während sie die rechte Hand an Mund, Stirn und Brust führten, wie es die mohammedanische Sitte forderte.

»Friede sei mit dir, oh Fremdling!«

»Friede sei mit euch und die Gnade Allahs, der die Geschicke der Menschen lenkt«, dankte Hedin.

»Er mache dein Leben lang.«

»Er vergelte dir deinen Segenswunsch«, murmelte der

älteste der drei, ein Mann an der Grenze des Greisenalters mit seinem Hängebart und einer Narbe auf der linken Schläfe.

»Willkommen in der Einsamkeit!« Hedin deutete auf die zerlumpte Decke und sie nahmen Platz.

»Ihr hattet eine gute Reise?«, eröffnete Hedin das Gespräch.

Der Sprecher verzog ein wenig das hagere Raubvogelgesicht. »Gott war unser Führer. Dank seiner Gnade gelangten wir hierher. – Wie wir hörten, erlitt deine Karawane beträchtliches Missgeschick?«

»Du hörtest richtig«, nickte Hedin und fügte dann einen kurzen Bericht seiner Erlebnisse seit dem Aufbruch von Merket an.

»Allah gibt und Allah nimmt«, murmelte der Sprecher. »Uns ist es nicht vergönnt, die Gründe zu kennen, die sein Handeln bestimmt. Gelobt sei sein Wille.«

»Seine Gnade über uns.«

»Du hattest sehr schwere Tage. Allein es gefiel dem Allgnädigen, deine Geschicke noch zum Guten zu lenken.«

»Dank sei dem Herrn«, sagte Hedin. »Ich würde euch gern eine Tasse Tee anbieten, wie es die Gastfreundschaft fordert, allein –«

»Wenn du gestattest, werden wir das übernehmen.« Auf einen Wink des Sprechers machte sich der Jüngste daran, ein Feuer zu entzünden und einen Kupferkessel mit Wasser aufzusetzen.

»Darf ich erfahren, zu welchen Zielen ihr unterwegs seid?«, fragte Hedin, um das Gespräch wach zu halten.

»Allah verzeihe uns unsere Unaufmerksamkeit«, murmelte der Kaufmann. »Du musst wissen, dass wir uns auf der Reise von Aksu nach Khotan befinden.« Er musterte Hedin mit einem sonderbaren Blick in die Augen.

»Als wir dabei gestern am Südufer des Khotan-Darja entlangritten, sahen wir einen Toten. Er lag am Fuße der Grasböschung –«

»Islam Bai«, warf Hedin ein. Also hatte er sich noch bis zu dem ausgetrockneten Flussbett geschleppt und war dort wahrscheinlich verdurstet. Welch ein Schicksal! Hedin schwieg in jäher Bestürzung.

»Zumindest dachten wir, dass es sich um einen Toten handle«, fuhr der Turkmene fort und ließ Hedin nicht aus den Augen. »Doch dann sahen wir, dass er keineswegs gestorben war. Allah sei Dank! Er lebte, er war nur vor Schwäche bewusstlos. Ein weißes Kamel weidete ganz in seiner Nähe, ergeben wie ein Hund.«

»Islam Bai! Es muss Islam Bai sein. Wo ist er jetzt? Was ist mit ihm?«

»Du sagst es. Als wir bei ihm anhielten und fragten, ob wir ihm in irgendeiner Weise helfen könnten, flüsterte er: ›Su, su! . . . – Wasser.‹ Wir schickten einen unserer Männer mit einer Kanne zu einer Pfütze in der Nähe und gaben ihm Brot und Nüsse.«

Islam Bai lebte! Er war also durchgekommen! Der Karawanenführer hatte es gleichfalls geschafft. Drei Männer hatten alle Strapazen überstanden. Islam Bai gleichfalls gerettet!

»Wo ist er?« Hedin merkte, wie schwer ihm plötzlich das Sprechen fiel.

»Er wird hierher kommen. Er folgt mit seinem Kamel dem Flussbett.«

Der Kaufmann lächelte. »Was wirst du jetzt tun?«

Hedin zögerte. »Ich denke, ich werde hier auf ihn warten.«

»Das ist klug. Auf diese Weise gewinnst du einen Rasttag. – Können wir noch etwas für dich tun?«

Hedin dachte nach. »Etwas Geld könnte ich brauchen, um mir von den Nomaden das Notwendigste einzukaufen. Es muss nicht viel sein ... Ich kann es in Khotan zurückgeben. Außerdem vielleicht noch einige Lebensmittel.«

»Du sagst es! So möge es geschehen.« Der Sprecher zog einen Lederbeutel aus der Gürteltasche und zählte Hedin achtzehn Silbermünzen in die Hand. »Mehr habe ich nicht. Aber es wird bis Khotan reichen. – Allah segne dich, Bruder.«

»Er vergelte dir deine Hilfe tausendfach durch seinen Segen«, dankte Hedin und verbeugte sich.

Die Kaufleute erwiderten den Gruß. Hedin sah ihnen nach, wie sie ihre Reittiere bestiegen und den Weg fortsetzten.

Die nächsten Stunden verliefen ereignislos. Er döste vor sich hin. Erst während des Nachmittags wurde er richtig wach. Er war noch immer fürchterlich erschöpft, aber er konnte nicht mehr schlafen. Sein Körper schmerzte. Er lag mit geschlossenen Augen am Boden und träumte durch die Stunden. Er hing einer Idee nach, die großartig und verlockend war, und versuchte alle Möglichkeiten dabei zu bedenken. Warum sollte er mit Kasim und Islam Bai die Expedition nicht fortsetzen können? Wenn die beiden bis zum letzten gemeinsamen Rastplatz zurückkehrten und die Instrumente holten, bestand durchaus die Möglichkeit, die Reise wieder aufzunehmen. Proviant und Kamele ließen sich ohne große Schwierigkeiten ersetzen. Außerdem konnte er zwei oder drei Treiber aufnehmen. Mit etwas Glück ließ sich die Sache machen. Was sollten das für Leute sein? Er dachte darüber nach und forschte in seinem Gedächtnis nach weiteren Einzelheiten.

Der neue Plan enthielt natürlich manches Risiko. Es hing fast zu viel davon ab und er erwog ihn wieder fallen zu lassen. Aber wenn er Erfolg haben sollte ... Eine Minute lang erlaubte er sich, mit dem Ruhm zu spielen, den ihm eine versunkene, vom Sand der Jahrhunderte begrabene Stadt bringen würde. Eine solche Stadt war nicht auf der flachen Hand gewachsen. Sie war Teil einer Kultur – einer unbekannten, vergessenen Kultur gewesen, die durch ihn wieder ins Licht gehoben würde. Für immer war sie mit seinem Namen verbunden!

Er rieb sich das Gesicht. Was er hier dachte, war kein Zufall, erfolgte nicht beiläufig. Der Plan zur Fortsetzung der Expedition hatte sich in versteckten Kammern seines Gehirns entwickelt, um im richtigen Augenblick ans Licht zu treten. Oder war es nicht so? Er erschien ihm zu gleicher Zeit als eine ebenso glänzende wie undurchführbare Idee und dieses Durcheinander, die Vielfältigkeit seiner Überlegungen erregten und beschäftigten ihn während der nächsten Stunden.

Der Plan war in jedem Falle ein gutes Vorzeichen. Zu lange waren ihm keine Ideen mehr gekommen, jetzt aber hatte er die Gewissheit, dass noch viele andere in den nächsten Wochen nachfolgen würden.

So verbrachte er den Tag, schlief, wachte auf, um zu essen und zu trinken, und döste über Stunden vor sich hin. Gegen Abend tauchte er langsam aus der schläfrigen Benommenheit wieder auf. Etwas war nicht wie sonst. Er richtete den Oberkörper auf, lauschte und hörte ein Kamel brüllen. Minuten später sah er zwei Männer, die ein weißes Kamel am Halfter führten.

Das waren sie! Sie lebten! Hedin stand plötzlich auf den Füßen und jetzt sahen sie ihn.

»Oh Allah, oh Mohammed!«, rief Islam Bai. »Preis dem Weltenherrn!«

Sie drängten sich heran, schüttelten einander die Hände und plötzlich lagen sie an Hedins Brust. Kasim weinte und blinzelte verzweifelt, um die Tränen zurückzudrängen.

»Gott ist mein Zeuge«, schnaufte er. »Von jetzt an kann jeder Tag nur ein Geschenk sein, was auch geschieht.«

Sie waren alle noch ein wenig außer Fassung durch die Plötzlichkeit des Wiedersehens. Hedin bot Milch und Brot und Islam Bai erzählte schließlich.

»Manchmal meine ich, dass ich niemals mehr im Leben so viel Glück haben werde, wie ich in den letzten Tagen hatte«, sagte er. Seine Stimme war sehr leise. »Als ich allein war, endgültig allein, dachte ich, der Himmel müsse sich mit dem nächsten Atemzug auf mich stürzen. Trotzdem vermochte ich mich nicht zu rühren. Erst Stunden später konnte ich wieder aufstehen. Ich sammelte die fünf Kamele, die noch im Stande waren, zu gehen, und folgte deinen Spuren. Zum Glück bestand der Boden aus Sand und es machte keine Mühe, die Richtung zu halten . . .«

»Hast du mein Feuer gesehen?«, fragte Hedin.

Islam Bai nickte. »Das war am nächsten Abend. Wahrscheinlich rettete es mir das Leben. Wenn ich dich auch nicht erreichen konnte, so zeigte es doch, dass du noch vor mir warst, dass du noch Kräfte genug hattest und an mich dachtest.« Er schwieg und starrte vor sich nieder. »Ich blieb so lange auf den Beinen, bis ich den Wald erreichte. Mit dem Messer hieb ich einen der Bäume an und saugte den Saft aus der Schnittstelle. Ich kann nicht sagen, dass es viel geholfen hätte, aber es war doch so etwas wie Wasser.«

»Was war mit den Tieren?«

»Zwei der Kamele waren schlechter dran als ich. Als ich merkte, dass sie zwischen den Bäumen sterben würden, nahm ich ihnen die Last ab und ließ sie unter den Pappeln sich niederlegen. Sie sind leicht zu finden.«

»Und du glaubst, dass du die Lasten holen könntest?«, erkundigte sich Hedin. Die Vorstellung hatte etwas Verlockendes. »Was gab es mit dem Hund? War Jolldasch zu dieser Zeit noch bei dir?«

Islam Bai nickte. »Er starb in der folgenden Nacht. Er verdurstete«, murmelte er nach einer Weile. »Möge Allah ihm das Leben im Paradiese leicht machen. Als er seine Stunde kommen fühlte, verkroch er sich in der Einsamkeit ... Er besaß das große Herz eines Helden.«

»Er war uns zum Freund geworden, zum selbstlos dienenden Freund. Und das ist viel mehr«, sagte Hedin.

»Am nächsten Tag verlor ich wiederum zwei Kamele. Das eine riss sich los und lief in den Wald. Ich konnte ihm nicht folgen und es kehrte nicht zurück«, fuhr der Karawanenführer fort. »Das andere brach zusammen und verendete. Nun hatte ich nur noch das Milchweiße. Mit ihm setzte ich den Marsch fort – immer deinen Spuren folgend. Wenn ich sie einmal verlor, kehrte ich um und suchte so lange, bis ich sie wiederfand.« Er schwieg und blickte vor sich nieder.

Es begann jetzt rasch zu dunkeln. Der Wald gegenüber wurde zum undurchdringlichen Wall, grün und dunkel. Die Sonne strahlte über das leere Flussbett, wurde von den Sandkristallen zurückgeworfen und in der Luft war ein feiner Geruch nach Blüten und Pflanzen.

»Oh Mohammed, ist das schön hier«, sagte Kasim leise, »ein letzter Nachhall des Paradieses, das Allah uns einst bereitet.«

Hedin nickte. »Leider vergisst man so etwas viel zu rasch, wenn es einem erst einmal wieder besser geht.«

»Schließlich erreichte ich das Bett des Khotan-Darja«, fuhr der Karawanenführer fort. »Aber es war leer – trocken – rissig . . . Das war das Ende. Ich legte mich nieder. Für mich war alles vorbei. Keine Kraft mehr und keine Hoffnung mehr . . .«

»Das kann ich verstehen«, sagte Hedin. »Das kenne ich selbst. Aber wie ging es weiter?«

»Ich weiß nicht. Ich war bewusstlos oder nahe dran. Ich sah nichts und hörte nichts. Ich hatte auch keine Schmerzen. Selbst dazu war ich zu schwach . . . Jedenfalls, als ich die Augen wieder aufschlug, blickte ich in ein paar bärtige Gesichter, die ich niemals zuvor gesehen hatte. Es waren mehrere Kaufleute. Sie gaben mir Wasser. Mehr brauchte ich nicht, um wieder auf die Beine zu kommen. Später traf ich dann Kasim. Gemeinsam folgten wir deiner Spur, Herr. Den Rest kennst du.«

Hedin nickte. »Schön, dass ihr wieder hier seid. Danken wir Gott, dass wir noch leben. Knapp genug war es.«

Nach einer Weile erhob er sich, um die Satteltaschen des Kamels in Augenschein zu nehmen. Er fand die Tagebücher und Landkarten, dazu das chinesische Silbergeld und einen kleinen Vorrat an Tabak. Außerdem hingen die beiden Gewehre noch in ihren Futteralen. Das alles war sehr viel mehr, als er erwarten konnte. Aber reichte es, um damit die Expedition fortsetzen zu können?

»Was werden wir tun, Erhabener?« Hedin schreckte

auf, als er Islam Bais Stimme hörte. »Werden wir nach der untergegangenen Stadt suchen?«

»Jaaa, ich glaube schon.« Hedin wandte sich langsam um und sah den Karawanenführer an. »Wir werden zunächst nach Kaschgar reiten und von dort über Khotan zur versunkenen Stadt.«

Kasim knetete mit seinen großen Händen seine Oberschenkel. »Und wann wird das sein?«

»Ich denke, noch in diesem Jahr. Irgendwann gegen Ende des Jahres . . .«

»Das war es, was ich hören wollte. Gelobt sei Gott!«, murmelte der Treiber.

Die Sonne hatte den Horizont erreicht und der ganze Himmel zuckte und flammte plötzlich in den farbigen Lichtern des Sonnenuntergangs. Die Farben strahlten auf, jede Einzelheit glühte. Selbst die Schatten blendeten.

Schweigend und bewegt blickte Hedin nach Süden. Die Steppen und unerforschten Wüsten lagen vor ihm, die weiten, geheimnisvollen Landschaften mit ihren untergegangenen Reichen, Städten und Kulturen, die uralten Rätsel Zentralasiens . . . Der Anblick war für ihn wie eine Verheißung auf die Zukunft. Er konnte sich nicht abwenden. Der lange Ritt durch die Takla-Makan, ihre sonnenverbrannte Leere, die trostlosen Tage ohne Wasser – alle Ängste, Verzweiflungen und Strapazen waren zusammengeschrumpft zu blassen, konturlosen Traumbildern, hatten plötzlich etwas Unwirkliches für ihn.

In Khotan

Am späten Nachmittag erreichte Hedin endlich den Basar von Khotan. Dutzende von Menschen drängten sich in jeder Sekunde in beiden Richtungen an ihm vorüber und alle erkannten ihn als Fremden. Er hatte es den dunklen, hakennasigen Gesichtern angesehen, wo immer er auch in den letzten vier Tagen erschienen war.

Noch hatte ihn der chinesische Provinzgouverneur Liu Darin nicht empfangen. Noch war also nicht über seinen Aufenthalt entschieden. So warteten die Leute ab. Zeit hatte für diese Menschen nicht die gleiche Bedeutung wie für Europäer. Was waren schon zwei Monate! Selbst ein halbes Jahr war für sie wenig, wenn man nur ein lohnendes Ziel besaß.

Es gab wenig, das er tun konnte, und so ließ er sich mit der Menge treiben. Die meisten Häuser entlang der Hauptstraßen waren zweistöckig. Bemalte Holzsäulen stützten die vorragenden, windschiefen Obergeschosse und zwischen ihnen hatten die Händler ihre Waren ausgebreitet. Das war in Khotan nicht anders als in Merket, in Aksu oder in Jarkand. Teppiche schimmerten in roten und braunen Farben; Satteltaschen und Zeltgehänge waren im Hintergrund zu sehen, herrliche Stücke mit komplizierten Mustern und langen Fransen, dazwischen Fellmäntel und pelzgefütterte Filzstiefel, wie sie die Karawanenkaufleute auf ihren monatelangen Fahrten brauchten. Khotan war eine uralte Karawanenstadt, Rastplatz und Umschlagort für den Handel zwischen Europa, der Türkei und Persien mit Tibet und China, eigentlich schon seit drei Jahrtausenden. Alles war hier auf die Bedürfnisse der Reisenden abgestellt – der Kamel- und Pferdemarkt, der Kleiderhandel wie der Schmuckbasar. Kostbare Rohedelsteine wurden hier gehandelt, wechselten in Hinterzimmern den Besitzer, nicht anders als Waffen oder Gewürze und Seide.

Die Frauen waren tief verschleiert. In lange, leuchtend farbige Gewänder gehüllt, bewegten sie sich scheu und still zwischen den Männern. Eine Ausnahme bildeten die Chinesinnen. Sie lachten und scherzten in ihren Sänften und ihre Stimmen klangen wie Vogelgezwitscher in dem allgemeinen Gemurmel. Mit ihnen verglichen wirkten die Gesichter der übrigen Völkerschaften, der Turkmenen, Tibeter und Mongolen, ernst, beinahe sorgenvoll.

Irgendwie machte die ganze Stadt diesen Eindruck. Nach den endlosen Jahrhunderten hierarchischer Herrschaft mit ihrer festgefügten Ordnung waren die Risse im Staatswesen unübersehbar geworden. Schon von der ersten Stunde an hatte er gespürt, dass die enge, schmutzige Stadt geradezu nach Intrigen roch.

Wahrscheinlich lagen hier auch die Gründe für das Zögern des chinesischen Gouverneurs, der sich der Absichten des Fremdlings nicht sicher war. Hedin wusste, dass dabei keine Ungeduld half. Im Gegenteil, nichts berührte Chinesen unangenehmer als Hast. Sie galt geradezu als Zeichen schlechter Erziehung.

Er trat in eine der kleinen, zur Straße hin offenen Teestuben. Der Besitzer, ein schnurrbärtiger Turkmene, saß mit gekreuzten Beinen im Hintergrund.

»Grünen Tee für mich und meinen Diener«, bestellte Hedin.

»Grüner Tee ist nicht da«, grunzte der Turkmene. »Nur Presstee und schwarzer Tee.«

»Bin ich Mongole, dass ich Presstee trinke? Schwarzen Tee – und ohne Schmutz.« Hedin wusste, dass er nur dann auf Achtung rechnen konnte, wenn es ihm gelang, sich in Respekt zu setzen.

Jetzt tauchte auch Ahmed in der Teestube auf. Hedin hatte ihn als Jäger in Dienst genommen. Er hatte die Aufgabe, die Karawane, wenn sie erst aufgebrochen war, vor Dieben und räuberischen Nomaden zu schützen. Obwohl sein Dienst eigentlich noch gar nicht begonnen hatte, begleitete er Hedin bei dessen Stadtbesuchen regelmäßig mit einigem Abstand, um ihn vor Überfällen und betrügerischen Erpressern zu bewahren.

Der Besitzer brachte den Tee in Gläsern, die in silbernen Behältern standen. Die Gläser waren ungewaschen und gesplittert, das Silber hatte man nie geputzt. Es sah beinahe schwarz aus, war aber über und über ziseliert. Die floralen Muster, Ranken, Blüten und Blätter, stammten von einem Meister seines Fachs, wahrscheinlich eine russische Arbeit.

Hedin nippte an dem Tee. »Gut«, sagte er, »aber er würde noch besser schmecken, wenn du dich einmal entschließen könntest die Gläser zu spülen.«

»Viel Arbeit, Erhabener«, jammerte der Turkmene, ein Grinsen um die heruntergezogenen Lippen.

»Aber doch wohl nicht für dich.« Hedin warf ihm eine Münze hin. Der Wirt nahm sie mit einer unterwürfigen Verbeugung entgegen, aber gleich darauf sah Hedin, wie der Mann sie in den Mund nahm und darauf biss, um ihre Echtheit zu prüfen.

»Was sagen eigentlich die Leute von mir, abgesehen von den Flüchen, die sie mir nachschicken?«

Ahmed hustete und schob die Pistole im Gürtel umständlich zurecht. Offensichtlich hatte ihn die Frage überrascht und er wollte Zeit gewinnen.

»Sie sprechen voller Ehrerbietung von Ihnen, Ehrwürdiger.«

»Klar«, sagte Hedin. »Das würde ich auch an ihrer Stelle. Ich zahle ja auch ihre halsabschneiderischen Preise – zumindest meistens. Ich meine, was sagen sie darüber hinaus von mir?«

Ahmed schlürfte geräuschvoll den glühend heißen Tee. »Nun, die Leute halten Sie für einen Herren – für einen wirklichen Herrn, der sehr viel Geld besitzt und sich für alte Dinge interessiert . . .«

»Was für alte Dinge?«, fragte Hedin überrascht.

»Schmuck, Kunstgegenstände, Kostbarkeiten«, sagte Ahmed wegwerfend. »Eben alte Dinge, die Leuten gefallen, die sonst schon alles besitzen, wovon andere nicht einmal träumen können, weil sie kein Geld haben. Auch Kunstwerke aus Jade.«

Hedin nippte an dem Tee. »Wohl weil ich die Nephritfundorte in dem leeren Flussbett besichtigte?«

»Alle sprechen darüber«, bestätigte Ahmed. »Sie sagen, dass Sie ein Mann von Kultur seien. Sie haben damit sehr an Ansehen bei ihnen gewonnen. Wenn Sie in ihren Augen vorher nur ein neugieriger Barbare waren, so sind sie jetzt überzeugt, dass Sie von guter Familie sind.«

»Sehr schmeichelhaft.«

Hedin verlagerte das Körpergewicht unmerklich. Das Sitzen mit untergeschlagenen Beinen hatte für Europäer immer seine Tücken, auch wenn man jahrelang in Asien lebte. Der Lärm, der Staub, den die Hufe der Tiere in Generationen in die Gassen getragen hatten, all die brutale Lebendigkeit dieser asiatischen Städte, dazu die trockene, bleierne Hitze waren abstoßend und anziehend zugleich. Keine Sekunde der Stille in den lichtgesprenkelten Schächten zwischen den Häusern. Unglaublich für westliche Sinne das Durcheinander von Farben, Geräuschen und Gerüchen.

»Weiß der Gouverneur von meinem Besuch in den Nephritgruben?«

»Der Gouverneur ist auch Chinese. Das sollten sie stets bedenken, Erhabener. Chinesen wissen fast immer alles, wenn sie auch nur selten eingreifen. Ihre Polizei ist ausgezeichnet. Außerdem ist jeder chinesische Händler auch immer ihr Helfer und Zuträger. Der Gouverneur – davon können Sie ausgehen, ist über jeden Ihrer Schritte unterrichtet.«

»Und warum schweigt er noch immer?«

»Er zieht es eben vor, noch abzuwarten, Sehrzuverehrender.« Ahmed zuckte die Schulter. »Und dagegen lässt sich nichts machen.«

»Äußerst bequem, findest du nicht?« Hedin schwieg und blickte auf die Gasse, wo sich eine Gruppe ärmlicher Kinder um eine fahrbare Garküche drängte. Offensichtlich hofften die Kleinen auf irgendwelche Abfälle. Es waren Kinder, die kaum jemals lachten und noch seltener weinten. Stumm standen sie in einer Doppelreihe und blickten mit großen Augen auf die dampfenden Töpfe.

»Vielleicht ist es das«, meinte der Karawanenjäger. »Dafür aber hat es den Vorteil, dass der Entschluss, wenn er einmal gefasst worden ist, so gut wie niemals mehr umgestoßen zu werden braucht.«

»Dann bleibt mir also nichts anderes übrig, als abzuwarten?«

Der Turkmene sah Hedin an. »Darauf wird es am Ende hinauslaufen, Herr.«

Das Gesicht blieb völlig ausdruckslos. Langsam begriff Hedin, dass der Mann es tatsächlich so meinte. Nicht der Schatten eines perfiden Lächelns.

»Gehen wir.«

Sie verließen die Teestube und drängten die überfüllte Gasse entlang. Ahmed wieder zehn Schritte hinter Hedin. Wo die Straße scharf nach links abbog, stand eine kleine Moschee. Einige Bauern zottelten gerade mit ihren Eseln vorüber; aber er kannte ohnehin jede Einzelheit: die schiefe Fassade mit ihrem Adernetz scharfer Risse, das durchbrochene Spitzbogentor und darüber das bemalte Minarett.

»Gott ist der Größte! . . . Gott ist der Allergrößte! . . .«, tönte es durch die Gasse. Der Sprechgesang war nicht laut, aber seltsam eindringlich. Die Zeiten, die ihn geformt hatten, wirkten darin mit, etwas von der Weite und Leere Asiens, seinen Wüsten und Steppen, der Hitze, dem Wind, dem Schnee und der Einsamkeit des Menschen. Hedin fühlte sich immer wieder davon ergriffen, sooft er diese Minuten auch erlebte.

». . . ich bezeuge, dass es keinen Gott gibt außer Gott, und Mohammed ist der Gesandte Allahs . . . Kommt zum Gebet, Brüder! . . . Eilt zum ewigen Glück . . .«

Hedin blickte zum Minarett empor, wo der Muezzin mit seinem weißen Bart wie eine Gestalt aus dem alten Testament stand, die Hände als Schalltrichter an den Mund gelegt. Mochte der Turm sonst auch alt, schief und baufällig sein. Jetzt, im letzten Licht des Tages, belebten sich die Farben, blühte die bizarre Malerei der Galerie auf, warfen die Ornamente ihre scharfen Schatten. Jede Einzelheit glühte.

Er bog in eine Seitengasse ein, erreichte eine andere Gasse, die auf den Gemüsemarkt mündete. Hedin atmete auf, als er das Quartier mit der bröckeligen, etwas vornüberhängenden Ziegelmauer erreichte. Zu seiner Überraschung war das Flügeltor nicht verschlossen. Drei Weidenbäume ließen ihre Äste müde an einer fensterlosen Wand herunterhängen.

Ein fetter Tibeter, in ein rostrotes Gewand gekleidet, öffnete die Tür und schlurfte näher, um Hedin zu mustern.

»Der Herr hatte einen schönen Tag?«

»Schön? Nun, er brachte nichts Unangenehmes.«

Der Wirt gab den Eingang frei und Hedin betrat das Haus.

In dem Aufenthaltsraum erwarteten ihn Islam Bai und Kasim. Sie hockten neben einem Manne auf dem Teppich und rauchten. Hedin blieb unter der Tür stehen. Er sah einen Chinesen hinter einer Wasserpfeife, den roten, mit Silberdraht umwickelten Schlauch in der Hand.

Die Begrüßung war ebenso langwierig wie würdevoll. Schließlich brachte Kasim Tee und zwischen langen Pausen Tee schlürfenden Schweigens entwickelte sich ein Gespräch. Man plauderte über die politische Lage, wandte sich dann den Zuständen im Reiche der Mitte zu und sprach schließlich über die Leistungen der Kunsthandwerker, vor allem der Jadeschnitzer, von denen es einige Meister auch in der Stadt gegeben habe.

Hedin machte keinerlei Anstrengungen, das Gespräch in eine bestimmte Richtung zu lenken. Entspannt saß er dem Chinesen gegenüber und rauchte eine Zigarette. Niemand sollte sehen, wie wichtig ihm die Begegnung war.

Der Chinese hob den Blick. Er habe rein zufällig gehört, auch der fremde Gelehrte aus dem Westen sei ein Kenner und Bewunderer dieser alten Kunst der Steinschnitzerei.

»Wenn ich richtig unterrichtet bin, besuchte der geehrte Gast dieser Stadt auch die Nephritgruben in dem Flussbett vor den Stadtmauern.«

Hedin hob die Brauen und lächelte. Ein vorschnelles Wort, eine plumpe Geste konnten sehr viel verderben. »Das ist in der Tat richtig. Es geschah aber mehr zufällig und aus Langeweile als aus anderen Gründen. Es ergab sich so.«

Der Chinese nickte wie geistesabwesend. Man sprach von anderen Dingen. Eine Viertelstunde verging. Schließlich murmelte er zwischen zwei Zügen aus der Wasserpfeife, Seine Herrlichkeit, der Gouverneur der Provinz, sei gleichfalls ein Kenner und Liebhaber geschnittener Nephritsteine. Ob die Sammlung den fremden Gelehrten interessiere?

Hedin mühte sich nichts von der Überraschung zu zeigen, die er plötzlich verspürte. Liu Darin hatte ihm einen Boten geschickt! Die Entscheidung stand also unmittelbar bevor.

»Eine solche Sammlung sehen zu können müsste für jeden eine besondere Freude sein. Für mich wäre sie noch mehr – ein hohes Glück.«

Der Chinese nickte zustimmend. »Dann würde der große Gelehrte aus dem Westen eine Einladung nicht als Belästigung empfinden?«

»Ganz gewiss nicht. Ich würde in ihr eine unverdiente Ehre erblicken«, sagte Hedin ruhig.

»Wenn der hoch geschätzte Gast dieser Stadt nicht zu sehr ermüdet ist, würde sich ein Besuch vielleicht schon heute Abend einrichten lassen?«

»Ich bin keineswegs ermüdet. Nur kenne ich leider den Weg nicht.«

»Ein Bote Seiner Herrlichkeit wird in etwa einer Stunde erscheinen . . .«

Der Chinese glitt auf die Füße. Auch Hedin erhob sich. Zwei Minuten standen sie einander gegenüber und verbeugten sich voreinander, dann schritt der Chinese rückwärts gehend bis zur Tür.

»Bitte gehen Sie vorsichtig«, sagte Hedin. »Es wäre mir unerträglich, Sie in Gefahr zu wissen. Meine Männer werden Sie gerne begleiten.«

»Ich danke zehntausendmal. Aber bitte beunruhigen Sie sich nicht«, murmelte der Chinese.

Hedin atmete auf, als er die Schritte des Chinesen in dem kleinen Hof hörte. Dann würde also noch heute Abend die Entscheidung fallen! Als er zum Teppich zurückkehrte, sah er Ahmed, der das Ganze aus dem Dunkel des Nachbarzimmers heraus beobachtet hatte.

»Ein Wunder, Erhabener. Für chinesische Sitten fast noch mehr.«

»Es ist in der Tat ungewöhnlich«, sagte Hedin. »Warum schickt mir der Gouverneur heimlich einen Boten? Warum keinen offiziellen Vertreter?«

»Er will nicht, dass es Gerede gibt in der Stadt«, sagte Ahmed. »Da jeder Ihre Absichten kennt, würde man sofort vermuten, dass Sie in der untergegangenen Stadt nach vergessenen und vergrabenen Kostbarkeiten suchen wollen.«

»Aber wird es auch gelingen? Wird der Gouverneur meinen Besuch tatsächlich geheim halten können?«

»Wahrscheinlich nicht. Auf diese Weise wahrt er jedoch das Gesicht. Er kann sogar, wenn ihm das notwendig erscheinen sollte, alles abstreiten. Auf diese Weise bleibt er völlig frei in seinen Entscheidungen, und das ist für ihn ein äußerst wichtiger Gesichtspunkt.«

»Ich verstehe.« Hedin nickte. »Und warum bei Dunkelheit?«

»Er will die Audienz als private Zusammenkunft zweier Sammler gewertet wissen.«

»Na, ich weiß nicht ...« Hedin knetete die Hände in einem Anflug von Unbehagen. »Das ist alles sehr kompliziert und schwer zu durchschauen für einen Fremden.«

»Keineswegs, Herr«, sagte Ahmed ruhig. »Wenn man nur einigermaßen mit den Gepflogenheiten chinesischer Diplomatie vertraut ist und denken kann –«

»– denken«, sagte Hedin. »Offensichtlich gibt es da bei mir gewisse Schwierigkeiten, von denen ich bisher nichts ahnte.« Er schwieg, zögerte, dann nickte er.

»Schön. Was werde ich also anziehen?«

»Nichts Ungewöhnliches, Erhabener. Kein Festgewand, nichts, was über den normalen Alltag hinausgeht, da die Begegnung inoffiziell bleibt. Alles andere würde man als taktlos empfinden. – Saubere Kleidung genügt.«

»Saubere Kleidung genügt – Sie werden ja geradezu witzig«, sagte Hedin.

Pünktlich, eine Dreiviertelstunde später, verließ Hedin das Haus und folgte dem vom Gouverneur geschickten Chinesen durch das Gewimmel der Gassen und Gässchen. Es dunkelte bereits stark, aber viele Läden waren noch offen.

Nach einer Viertelstunde wurden die Häuser allmählich seltener. Riesige Mauern schlossen die Anwesen dahinter völlig ein. Sie hatten das Stadtviertel der Vornehmen erreicht. Schließlich hielt der Führer, der kein Wort mit ihm gewechselt hatte, vor einem eisenbeschlagenen Tor und zog an einer Kette. Eine Bronzeglocke läutete und Sekunden später öffnete sich einer der beiden Flügel.

Sie schritten an einem sich tief verneigenden Torhüter vorüber und befanden sich inmitten eines weitläufigen Parks. Die hohen zimtbraunen Stämme schimmerten schwach zwischen den zitternden Blättern der Ziersträucher. In der stillen Luft lag ein Duft von seltenen Blumen, Kühle und Nadelbäumen. Hedins Achtung vor dem chinesischen Gouverneur wuchs.

Das eigentliche Wohnhaus stand etwas entfernt von den übrigen Gebäuden, hinter einer mächtigen, plattenbelegten Terrasse, zu der eine breite Sandsteintreppe emporführte. Das ganze Anwesen, aus dunklen Quadern erbaut, wirkte alt und wohnlich zugleich. Wuchtige rot lackierte Säulen stützten das im chinesischen Stil geschweifte Dach. Die glasierten Rundziegel glänzten schwach durch die Nacht.

Auf den sanft geneigten Graten hockten geschuppte, feuervergoldete Kupferdrachen, aus deren aufgerissenen Mäulern lange Zungen ragten.

Unmittelbar vor den gierigen Ungeheuern schwebte eine vergoldete Kugel – das taoistische Symbol der alles umfassenden Harmonie.

Er kam an einer Schildkröte aus moosüberzogenem Granit vorüber – dem Sinnbild ewigen Lebens. Einige bewaffnete Männer, offensichtlich Wächter, kauerten dösend in der Dunkelheit. Ihre Schwerter und langen Vorderlader blinkten matt durch die Finsternis. Sie drehten die Köpfe nicht, als er an ihnen vorüberschritt. Ihre Gesichter verrieten keinerlei Neugier oder Misstrauen, trotzdem war er sicher, dass diesen Männern nichts entging.

Noch immer waren in der Dunkelheit keine Einzelheiten zu erkennen. Zwischen den glatten Holzsäulen schimmerten einige Hornlaternen. Plötzlich stellte er fest, wie still es ringsum war: erschreckend still. Nur die winzigen Bronzeglöckchen, die um das Dach hingen, läuteten zart, beinahe wie Vogelgezwitscher. Ein langer teppichbelegter Gang nahm ihn auf. Hedin empfand die Dicke der Mauern beinahe körperlich. Von den weiß getünchten Mauern schimmerten uralte chinesische Seidenmalereien: Vögel putzten ihr Gefieder, Pilger zogen durch eine Gebirgslandschaft, hin und wieder hing auch eine Thangka zwischen den Rollbildern. Er hatte schon viele tibetische und nepalesische Gebetsfahnen gesehen. Diese zählten ganz sicher zu den kostbarsten. Der Gouverneur war nicht nur ein Diplomat und Kenner ostasiatischer Kunst. Er war auch ein Mann von Geschmack und Kultur, was vielleicht noch mehr zählte. Er musste diese Stücke in einem langen Sammlerleben zusammengetragen haben.

Vor einer der schweren, geschnitzten Türen erwartete ihn ein Diener.

»Seine Exzellenz erwarten den fremden Gelehrten aus dem Westen bereits«, murmelte er mit einer tiefen Verbeugung.

Der Raum war nur mittelgroß. Hier erwartete ihn der Gouverneur in einem bestickten Brokatgewand. Lin Darin war eher klein, sehr dick und etwa sechzig Jahre alt.

»Ich bin über die Ehre, die der fremde Gelehrte dieser Stadt erweist, tief beglückt.«

Hedin versicherte, dass diese Audienz eine hohe Auszeichnung für ihn bedeute – noch dazu in diesem intimen Rahmen. »Dabei ist es im Grunde unverzeihlich, dass ich Eure Exzellenz noch zu so später Stunde störe.«

Der Gouverneur lächelte beruhigend. Dabei wirkte das breite Gesicht auffallend hell wie bei vielen Chinesen aus der Oberschicht des Nordens. Die Kopfbedeckung mit der spitzen Kugel, die auf seinen Gelehrtenrang hinwies, lag auf einem kleinen Tisch etwas abseits, aber doch deutlich sichtbar. Die Tatsache, dass der Gouverneur weder die Amtsrobe noch den Hut trug, zeigte, dass er diese Begegnung als ein privates Treffen gewertet wissen wollte.

»Ich empfinde diesen Besuch durchaus nicht als Belästigung, wenn ich das in aller Deutlichkeit feststellen darf«, murmelte er. »Er bedeutet für die Stadt und ganz besonders für mich und dieses bescheidene Haus eine außerordentliche Freude.«

Die Kunde, es wäre ein Gelehrter in die Stadt gekommen, habe ihn vom ersten Augenblick an mit Ehrfurcht und Neigung für diesen Besucher erfüllt. »Ich fürchte nur, mein ärmliches Heim wird den gewohnten Bequemlichkeiten eines so hohen Gastes nicht genügen können.«

Hedin verbeugte sich und versicherte, dass er auf seinen weiten Reisen in Asien kaum jemals ein so kultiviertes Haus betreten habe.

Der Gouverneur deutete auf einen der Stühle, die um einen geschnitzten Tisch standen, und eröffnete das Gespräch mit den üblichen Erkundigungen nach dem Alter, der Herkunft und der Gesundheit des Gastes und Hedin gab die Fragen, wie es die Sitte erforderte, augenblicklich zurück.

»Sind Euer Exzellenz ein Bürger dieses alten und reichen Landes?«

Lin Darin lächelte in einer Art, wie es nur ein Chinese vermochte. »Ich muss in Demut bekennen, dass ich zu den elendsten Bürgern dieses Landes zähle – genau wie meine unwürdigen Vorfahren, die erst seit hundertfünfzig Jahren in Khotan ansässig sind.«

Hedin nahm diese Bemerkung mit dem langen Höflichkeitsschweigen des Ostens entgegen. Nach einer halben Stunde war man dem eigentlichen Ziel noch nicht um einen Schritt näher gekommen. Aber das war im Grunde nur selbstverständlich. Man sprach über das Wetter, die Politik, über die Söhne, und während der ganzen Zeit saß der Beamte beinahe unbeweglich in seinem Schwarzholzsessel, einem herrlichen Möbel mit geschnitzten Lehnen und Klauenfüßen. In seinem breiten Gesicht lag etwas, das Hedin nicht deuten konnte. Aus den schwarzen Augen, die unter den schrägen Lidern blickten, leuchtete ihm eine fast einschüchternde Klugheit entgegen. Hedin war überzeugt, dass die Meinung des Beamten über seine Person nach der ersten Viertelstunde feststand, während er selbst niemals im Stande gewesen wäre, sich nach europäischen Maßstäben ein Urteil zu bilden.

Ruhig, gelassen, mit der Würde langjähriger Erfahrung leitete der Chinese das Gespräch. Kein Zweifel, hier saß er dem Manne gegenüber, der die eigentliche Macht über diese Stadt und das Land in den Händen hielt. Hedin wappnete sich mit Geduld. Jedes Zeichen von Hast oder auch nur Unsicherheit musste seine Chancen verringern, spürte er. Für Chinesen der Oberschicht waren Haltung und Formen mehr als nur Äußerlichkeiten; sie waren für sie Bestandteil ihres Wesens.

»Wenn es den hohen Gast nicht zu sehr ermüdet, wäre ich ihm dankbar, wenn er einiges über seine Heimat erzählen könnte – und vielleicht auch etwas über die Ziele, die er mit seinen Reisen verfolgt.«

Hedin verbeugte sich. Damit war der eigentliche Auftakt gegeben. »Diese Einladung heute Abend ist eine hohe Ehre für mich. Ich bin ein Fremdling mit nur bescheidenen wissenschaftlichen Kenntnissen und Fähigkeiten aus einem Lande weit jenseits der vier Weltmeere. Ich komme aus Schweden, das unter dem westlichen Himmel liegt, mehr als zweihundert Tagesritte von Khotan entfernt.«

Der Gouverneur wandte sich nun mit einer Reihe von Fragen über Europa an Hedin, von dem er nur die nebelhaftesten Vorstellungen besaß. Vor allem interessierten England und Russland und deren Politik in Asien. Hedin war bestrebt von diesem heiklen Thema wegzukommen. Er versicherte, er könne nur sehr allgemeine Antworten geben, da diese Bereiche weit außerhalb seiner Interessen lägen.

»Ich bin Wissenschaftler«, schloss er, »und fühle mich als Gelehrter. Politik interessiert mich nur insoweit, als sie meinen Zielen nutzt oder schadet. Ich bitte das zu verstehen.«

Der Gouverneur nickte, mit einer gewissen Reserve, wie es schien. »Sie werden noch länger in Khotan als gelehrter Gast dieser Stadt bleiben?«

»Nein – wahrscheinlich nicht. Vielleicht einen Tag oder zwei, dann werde ich mit meiner Karawane die Reise fortsetzen.«

Der Chinese blickte nachdenklich auf den bronzenen Löwen des Räucherbeckens vor sich. Aus dem grimmig aufgerissenen Maul des Tieres quollen zarte silbergraue Wölkchen, die den Raum in einen angenehmen Duft hüllten. »Ich hoffe, Sie fanden den Aufenthalt angenehm in dieser Stadt. Man sagte mir, Sie hätten eine schwierige, verlustreiche Reise hinter sich.«

»Das ist richtig«, bestätigte Hedin und fügte einen Bericht seiner Erlebnisse in der Takla-Makan-Wüste an, die der Gouverneur mit geschlossenen Augen anhörte, ohne ihn durch Zwischenfragen zu unterbrechen.

»Immerhin haben die bitteren Erfahrungen dieser Reise Ihre Energie nicht zu brechen vermocht.« Herr Liu Darin lächelte.

Hedin schwieg. Er war sich nicht ganz sicher, ob diese Bemerkung nicht als Scherz gemeint war.

»Wie man mir berichtete, fanden Sie Gelegenheit, die Nephritbrüche in der Nähe der Stadt aufzusuchen.«

»Das ist richtig«, bestätigte Hedin. »Ich habe auf meinen Reisen schon so viele herrliche Schnitzereien dieser Art bewundern können, dass es mich danach drängte, auch einmal den berühmten Fundort der Rohsteine zu sehen.«

Der Gouverneur nickte verständnisvoll und hob den linken Unterarm ein wenig. Hedin hatte noch kaum Gelegenheit gehabt, den Raum mit seinen Teppichen, polsterbelegten Hockern und Lackmöbeln in Augenschein zu nehmen. Nun bewegte sich ein Perlenvorhang im Hintergrund, ein Diener erschien und servierte Tee in winzigen henkellosen Schalen aus hauchdünnem Porzellan.

Dem Chinesen war der Blick auf die Tassen nicht entgangen. »Man sagte mir, Sie seien ein großer Freund und Kenner östlicher Kunst.«

Hedin lächelte. »Das ist nur zur Hälfte richtig, Exzellenz. Ich liebe und bewundere die Kunst des Reiches der Mitte. Leider stehen jedoch meine Kenntnisse von ihr in keinem angemessenen Verhältnis dazu.«

Der Gouverneur lächelte mit einem Anflug von Wärme. »Die Anteilnahme, die Sie der Kunst des Ostens entgegenbringen, ist eine hohe Ehre für alle Bewohner des Reiches der Mitte. Sie findet in der übrigen Welt leider nur geringen Widerhall.«

»Das spricht nicht gegen die Kunst. Sie ist vielen Leuten sicherlich nicht auf den ersten Blick zugänglich, denn sie bedarf der Einfühlung und braucht den langjährigen Umgang.«

»So ist es«, bestätigte Lin Darin liebenswürdig. »Das Verhältnis, mit dem sich der erhabene Gelehrte aus dem Westen für die Kunst meines Landes einsetzt, bestätigt nur meinen Eindruck. Doch nicht alle denken so. Jedes Kunstwerk von Bedeutung zieht immer auch Menschen an, die vornehmlich den Geldwert im Auge haben, die blind sind für dessen zeitlose Schönheit, die plündern und stehlen und das noch in ihrer Gier zerstören, was sie nicht erlangen können.«

Er entstand eine lange Pause. Hedin nippte an seinem Tee. Stumm, unbeweglich saßen sie einander gegenüber. Hedin wartete. Auf keinen Fall würde er als Erster sprechen. Irgendwie fühlte er, dass sie dicht vor einer Entscheidung standen. Er konnte es auch am schnelleren Herzschlag spüren. Eine Art geheimen Verhörs schien hier stattzufinden. Selbst wenn sein Schweigen dem Gouverneur unverständlich sein sollte, war das immer noch besser, als etwas Falsches zu sagen.

Schließlich nahm der alte Herr das Gespräch wieder auf. Er habe gehört, dass der fremde Gelehrte sich für jene Ruinen in der Wüste interessiere, von denen niemand wisse, wer sie einmal bewohnt habe.

»Das ist richtig.«

»Und kommt das Interesse an jenen zerfallenen Bauten von der Begeisterung, die der geehrte Gast den Werken der alten Kunst entgegenbringt?«

Der Gouverneur zögerte. »Oder gibt es vielleicht noch andere Gründe, die einen Besuch der Ruinenstätten wünschenswert machen?«

Hedin nippte erneut an dem Tee. Das war nun kein Gespräch mehr. Hier waren die Grenzen zum Verhör erreicht. »Es sind keine Kunstschätze, die ich dort zu finden hoffe, keine Statuen und Bilder, weder Manuskripte noch Porzellane ... Ich denke auch nicht an Gold, Silber oder kostbare Steine ... Mein Interesse gilt allem, was geeignet ist, Licht in das Dunkel längst vergangener Jahrhunderte zu werfen. Ich bin weder Händler von Antiquitäten noch leidenschaftlicher Sammler. Zum Letzteren – obwohl ich einige der schönen Dinge gerne besitzen würde – fehlen mir leider die finanziellen Mittel. Ich bin mehr Historiker und Völkerkundler und darum vor allem an Handschriften und Funden interessiert, die uns Aufklärung über die Menschen und Kulturen längst vergangener Zeiten geben können.«

»Ich verstehe.«

»Allerdings muss ich eine Einschränkung machen. Meine Kenntnisse auf diesen Gebieten reichen nicht zu selbstständigen Forschungsarbeiten. Meine Fähigkeiten erschöpfen sich in Hinweisen, die ich wirklichen Kennern auf diesen Gebieten geben könnte.«

Wie hingezaubert lag plötzlich eine Handschrift auf der polierten Hartholzplatte des Tischs. Herr Liu Darin zog eine Brille aus der Innentasche und las:

»›Nach vierhundert Li kommt man nach dem alten Königreich Tu-ho-lo. Es ist schon lange her, dass dieses Land in eine Wüste verwandelt wurde ... Alle seine Städte liegen in Trümmern und sind von wilden Kräutern überwuchert ...‹ Ist Ihnen das bekannt?«

»Gewiss«, sagte Hedin. »Das Manuskript, das Exzellenz hier in einer Abschrift vorliegt, stammt von einem Reisenden der erhabenen T'ang-Dynastie. Sein Name ist nicht überliefert, soweit ich weiß.«

Der Gouverneur lächelte wohlwollend. Dieser fremde Barbare, der mit so viel Selbstbewusstsein in die Stadt gekommen war, schien wirklich etwas von der Geschichte des Reiches der Mitte zu verstehen. Die Gerüchte hatten also nicht übertrieben und er hatte sich an keinen Unwürdigen gewandt – Hedin glaubte die Gedanken im Gesicht des alten Herrn lesen zu können.

»Der sehr ehrenwerte Gelehrte hat das Zitat sofort erkannt. Er würde gern diese Ruinenstätte in der Wüste aufsuchen?«

»So ist es, Exzellenz.«

Hedin nippte wieder an dem Tee.

»Besteht die Möglichkeit, dass ich mit einer kleinen Karawane die Ruinen aufsuche? Vielleicht unter der Führung eines Mannes, dem die Einzelheiten vertraut sind?«

Der Gouverneur lächelte geheimnisvoll. Bewegungslos, die Hände in die weiten Ärmel seines bestickten Gewandes geschoben, saß er in seinem Sessel.

»Darf ich die Bitte meines verehrungswürdigen Gastes so verstehen, dass er sich der Mühsale einer Reise dorthin unterziehen will, um danach nach Khotan zurückzukommen?«

»Gewiss. Nichts anderes wollte ich sagen.«

Hedin wusste, dass er nur durch dieses Zugeständnis überhaupt die Erlaubnis zum Besuch der Ruinen erlangen konnte. »Ich könnte, falls dies gewünscht wird, im Anschluss an meine Untersuchungen einen schriftlichen Bericht anfertigen, der die Ergebnisse meiner Beobachtungen und die Schlüsse daraus festhält. Das Dokument stünde dann Euer Exzellenz zur Verfügung.«

»Einverstanden«, murmelte der alte Herr. »Nur sollten Sie die Gefahren nicht vergessen. Der sehr ehrenwerte Polizeipräfekt dieser Stadt wird das schwere Risiko nicht auf sich nehmen wollen, wie er durchblicken ließ. Auch die Männer seiner Dienststelle befinden sich in erheblicher Sorge, Erhabener –«

Hedin lächelte plötzlich. Jetzt wusste er, was der »sehr ehrenwerte Polizeipräfekt« über seinen Dienstvorgesetzten versuchte. Eine diskrete Erpressung. Eigentlich verständlich bei den Hungerlöhnen, die man in solchen Grenzländern zahlte.

»Wenn Exzellenz damit einverstanden sind, werde ich morgen den Yamen aufsuchen und die Herrn persönlich beruhigen . . .«

Der alte Herr hob die Brauen mit der Andeutung eines wissenden Lächelns. Kein Zweifel, dieser Barbare besaß Lebensart. Es gab Dinge, die man tat, aber die man unter Wissenden nicht sprach. Ein Backschisch in angemessener Höhe würde alle Probleme aus der Welt schaffen.

Auf eine Handbewegung hin servierte der Diener erneut Tee – wunderbaren, nach Jasmin duftenden Tee. Lin Darin musste einen ausgezeichneten Gärtner haben, denn in China war es üblich, dass dieser die Teeblätter in die Blumenkelche gab, wobei Zeitpunkt und genaue Dauer das Geheimnis der Kenner blieb.

Schließlich nahm der Gouverneur den Gesprächsfaden erneut auf. Wortreich bedauerte er die geringe Achtung, die man den alten Kunstwerken entgegenbringe, und Hedin stimmte voll Wärme zu. Hedin hatte jetzt den Eindruck, dass das Eis geschmolzen sei. Zufällig habe er einige Stücke aus Nephrit ganz in der Nähe. Ob sich der fremde Gelehrte, der sicher sehr viele kostbare Werke besitzt, dafür interessiere?

Hedin lächelte. »Gewiss. Diese kleinen Kostbarkeiten finden allezeit mein Interesse.« Er sprach gleichmütig, kaum anders, als er über irgendeine Belanglosigkeit gesprochen hätte, und doch war es das erste Mal, dass ein hoch gestellter, gebildeter Chinese bereit war seine Sammlung zu zeigen.

Wortlos schob der Diener ein bemaltes Lacktablett auf den Tisch.

»Die Schildkröte«, flüsterte der alte Herr. »Das Siegel, du weißt schon . . .«

Sekunden später lag ein handtellergroßes, auf der Bodenseite graviertes Siegel mit der Figur eines Fabeltieres vor Hedin.

»Jade«, sagte Hedin. »Zumindest sieht der Stein so aus«, fügte er nach einer Pause hinzu. »Darf ich?« Und als der Chinese nickte, hielt er den Halbedelstein an die Wange, wie er es bei den Händlern gesehen hatte. Die angenehme Kühle war ein ziemlich verlässliches Zeichen vor allem auch gegen raffinierte Imitationen aus Glas. Allerdings hatte diese Methode nur Erfolg, wenn man die Prüfung sofort vornahm, also noch ehe sich der Stein in der Hand erwärmen konnte.

Er betrachtete den milchig trüben, grünlich weißen Körper. »Es ist Nephrit«, sagte er leise. »Echte Hammelfett-Jade . . . Ein sehr altes, sehr kostbares Stück . . . Leider bin ich nicht Kenner genug, um sagen zu können, wie alt es tatsächlich ist.«

Unter den Halbedelsteinen war Jade in China der edelste und am meisten geschätzte Stein. Jahrtausende hindurch war man der Meinung gewesen, er verleihe seinem Besitzer ewiges Leben. Jade galt zudem als Sammelbezeichnung für alle Nephrite.

»Ausgezeichnet«, flüsterte der alte Herr und seine Miene belebte sich. »Der verehrungswürdige Gast ist ein Kenner . . . Das ist mehr, als man erwarten konnte . . .« Er schwieg und blickte auf das Siegel. »Als der große Reisende Chang Ch'ien in der Zeit der glorreichen Han-Kaiser unsere Stadt besuchte, besichtigte er auch jene Fundorte, die der erhabene Gelehrte in diesen Tagen aufsuchte.«

»Erstaunlich«, sagte Hedin. »Ich wusste gar nicht, dass der Fundort schon so lange bekannt ist.«

Der Chinese zeigte ein Amulett in der Form eines Drachen.

»Der Drache ist das oberste der vier begnadeten Wesen. Es steht noch über dem Einhorn, dem Phönix und der Schildkröte. Das ganze Reich der Mitte, alle Meere und die Jahreszeiten stehen unter seinem mächtigen Schutz.« Der Gouverneur befeuchtete die Lippen. »Das Amulett stellt seinen Besitzer unter den Schutz Lung Wangs, des Drachenkönigs, der in seinem Palaste unter dem östlichen Meere lebt.«

Schließlich brachte der Diener weitere Anhänger und Schmuckstücke, die als Fische, Vögel und Masken gearbeitet waren.

Mr Darin räusperte sich.

»Die Qualität der Jadesteine war so ausgezeichnet, dass der große Reisende Chang Ch'ien Proben mitnahm und sie dem erhabenen Himmelssohne vorlegen ließ. In seinem Begleitschreiben deutete er an, dass schon damals der Handel mit Jade seit langem in Khotan bestehe . . .«

Chang Ch'ien hatte die Flusstäler von Khotan und Yarkand um 124 v. Chr. bereist, wusste Hedin. Demnach hatten die Steinbrüche von Khotan China seit zweieinhalb Jahrtausenden mit Jade versorgt – eine unvorstellbar lange Zeit für westliche Verhältnisse, nicht jedoch für China und Asien.

Der alte Herr ließ nun weitere Stücke bringen. Da war eine Jadeaxt, in der Mitte des Schafts durchbohrt und mit Zierleisten versehen. Sie stammte aus der Frühzeit der Chou-Dynastie, war also dreitausend Jahre alt, dann ein Messer, gleichfalls aus den Anfängen der chinesischen Jadeschnitzerei, und schließlich eine Speerspitze aus zartgrünem Stein, die mit eingelegten Türkisen verziert war.

Dann zeigte er mehrere Kultscheiben mit eingeschnitzten Ornamenten, einen Vogel, einen Affen und einen entzückenden Ochsen, der wie ein Kinderspielzeug wirkte, aber ganz sicher kultischen Zwecken gedient hatte. Immer neue Stücke brachte der Diener lautlos heran.

Der alte Mann lächelte glücklich.

»Ein Messer«, murmelte er plötzlich.

Wie hingezaubert lag plötzlich ein Dolch auf dem schwarzen Lacktablett. Der Diener musste Gedankenleser sein oder aber der alte Herr ließ sich hin und wieder zu ähnlichen Vorstellungen anregen.

»Es gibt noch eine Prüfung für echte Jade«, erklärte er. »Ein absolut sicheres Mittel, Jade von anderen, weniger wertvollen Steinen zu unterscheiden, etwa von Jadeit, ist ein Messer. Jade ist härter als jedes Messer und jeder Dolch . . . Es ist unmöglich, Jade selbst mit Stahl zu schneiden oder auch nur zu ritzen.«

»Und wie bearbeitet man ihn?«

Lin Darin legte die Hände nebeneinander auf den

Tisch. Es bereitete ihm offensichtlich Vergnügen, seine Kenntnisse darzulegen. »Die Schwierigkeit liegt in dem hohen Härtegrad. Jade lässt sich nur mit Steinen bearbeiten, die noch härter sind – als Quarzsand, pulverisierten Granatsteinen oder auch Korund. Das mit Wasser vermischte Schleifmittel wird während des Arbeitsvorganges auf die Jade aufgetragen. Es ist noch immer ein sehr langsamer Prozess. Allein das Ergebnis rechtfertigt jeden Zeitaufwand. Daneben wird Jade auch gesägt, schneiden kann man den Stein nicht.«

Der Gouverneur fuhr über die Schnitzereien, nicht weniger zärtlich als eine Mutter über die Wange ihres Kindes.

»Ein anderer Gelehrter der glorreichen Han-Zeit, der verehrungswürdige Hsü Shen, schrieb von diesem Stein: ›Er ist der schönste aller Steine. Ihn zeichnen fünf Tugenden aus: Sein strahlender, warmer Glanz entspricht der Wohltätigkeit. Seine Durchsichtigkeit gleicht der Rechtschaffenheit. Seine Reinheit, zusammen mit dem eindringlichen, unverwechselbaren Klang entspricht der Weisheit und seine Zähigkeit erinnert an die Tapferkeit ... Dieser Stein ist hart und unverletzlich wie die Gerechtigkeit‹ – oder doch wie sie sein sollte . . .«

»Ein sehr gescheiter Herr«, murmelte Hedin, »ein Gelehrter mit dem Herzen eines Dichters . . .«

Lin Darin gab die Artigkeit zurück: »Ganz wie der verehrte Gast dieses Hauses. – Darf ich dem erhabenen Gelehrten aus dem Westen in Erinnerung an diese Stunde dieses kleine Präsent überreichen?«

Er hielt Hedin eine dunkle Jadescheibe entgegen, die mit sonderbaren Ornamenten verziert war.

»Ein Amulett«, flüsterte der Gouverneur. »Es ist sehr,

sehr alt . . . Es stammt vom Anbeginn aller Zeiten und verleiht seinem Träger ein langes Leben – dem, der daran glaubt . . .«

Hedin verbeugte sich. »Ich verdiene so viel Auszeichnung nicht . . . Ich bin tief beschämt . . .« Er verbeugte sich erneut.

»Bitte erwähnen Sie die Kleinigkeit nicht mehr«, murmelte der Gouverneur. »Groß ist die Erleuchtung der überaus reinen Dynastie. So hat mir die Gnade, dem himmlischen Herrscherhause dienen zu dürfen, auch Ihr Wohlwollen geschenkt . . . Sie beschämen mich. Sie sammeln zu viel Glanz auf meinem Gesicht . . .«

Hedin betrachtete verwirrt die kleine, runde Scheibe aus dunkelbrauner, durch das Alter fast schwarzer Jade. Die durchsichtige Scheibe, die die herrlichste Patina besaß, die er je bei einem Stein gesehen hatte, fühlte sich glatt und kühl an. Als Verzierung zeigte sie das altchinesische Symbol des Pa Kua – ein Zeichen, das vom ersten Chou-König des Bronzezeitalters stammen sollte: sechs Reihen von je zwei Doppellinien im Hochrelief, umgeben von geheimnisvollen Ornamenten, wie er sie nie zuvor irgendwo gefunden hatte. Auch die Rückseite war beschriftet – einige komplizierte Zeichen, die wie Vogelspuren im Schnee aussahen.

»Die Scheibe verleiht ihrem Träger Unverletzlichkeit«, sagte der Chinese, »und Unabhängigkeit – auch geistig . . .« Er lächelte.

Hedin starrte auf das Amulett in seiner Hand und überlegte, ob der Gouverneur ernsthaft sprach oder in einer vielleicht nur im Osten üblichen Art scherzte. Manche Schlüsse der chinesischen Philosophie waren trügerisch für Uneingeweihte. Ihre irreführende Einfachheit täuschte eine Naivität vor, die nur äußerlich war. In Wirklichkeit stellten sie ein verwirrendes Netz von Gedanken, Gebetsanrufungen und Ideen dar, die wie bewusste Irrwege so angelegt waren, dass man als Europäer den wirklichen Sinn unmöglich finden konnte.

Während er die kleine Jadescheibe in die Tasche steckte, blitzte ihm die Frage auf, durch wie viele Taschen und Beutel sie in dreitausend Jahren gewandert sein mochte. Schließlich trank er den kalten Rest seines Tees und dankte dem alten Herrn mit angemessener Ehrerbietung. Dann verabschiedete er sich.

Der Gouverneur geleitete ihn bis zur Schwelle des Hauses, für chinesische Verhältnisse ein außerordentlicher Gunstbeweis. Immer wieder verbeugten sie sich voreinander, während Hedin in gemessenen Schritten rückwärts ging. Nach zwanzig Metern wandte er sich um und schritt nun über den kiesbestreuten Weg durch den nächtlichen Park davon.

Zwei Diener mit Hornlaternen brachten ihn zum äußeren Tor, wo der Pförtner bereits in tiefer Verbeugung auf das Geschenk wartete. Es war wohl der besonders ehrenvollen Umstände der Verabschiedung durch den Gouverneur persönlich zu danken, dass sie die Münzen, die er ihnen beim Fortgehen gab, zwar als selbstverständlich hinnahmen, ihn aber nicht weiter belästigten. Oft war es für einen Fremden leichter, sich bei einem Würdenträger Einlass zu verschaffen als wieder hinauszukommen – nicht weil er den Weg nicht finden konnte, sondern weil er ihn sich im wahrsten Sinne des Wortes Schritt um Schritt erkaufen musste.

Die vergessene Stadt

Vor Mittag würden sie den Wald nicht erreichen, Hedin schob das Fernglas in die Satteltasche zurück. Es gab nichts zu sehen, das einen zweiten Blick gelohnt hätte – nichts als leere Sandhügel, soweit der Blick reichte, und im Süden den Wald. Er rieb sich die schmerzenden Augen und sank im Sattel zusammen. Noch eine Stunde, schätzte er, eine Stunde bis zum Wald. Dort musste sich die Stadt befinden – oder das, was von ihr übrig geblieben war. Der Boden begann jetzt allmählich abzufallen bis hin zum ausgetrockneten Fluss.

Welch ein Land – leer, staubig, trostlos öde und über alle Maßen still. Dabei mussten einst tausende von Menschen hier gelebt haben, hatte es Felder, Wiesen und Gärten hier gegeben. Was war aus den Menschen geworden? Wahrscheinlich waren sie fortgezogen, nachdem der Boden auf unerklärliche Weise immer mehr an Feuchtigkeit verloren hatte – nach China, in die tibetischen Berge oder in das wogende Grasland der Mongolei.

Vor ihm ritten die beiden Führer, Bewohner aus Khotan, die die Ruinen schon mehrere Male besucht hatten, wie sie behaupteten: ernste, zuverlässige Männer. Ihnen folgte Islam Bai, ungeduldig und neugierig auf die Stadt. Hinter Hedin ritten die beiden Jäger, Ahmed Mergen und dessen Sohn Kasim Achum, die er zum Schutze der Karawane gemietet hatte.

Inzwischen war es wieder Winter geworden und alle froren in der eisigen Kälte des Januar. Die Männer trugen dicke Fellmäntel und hatten die Pelzmützen tief in die Stirn gedrückt. Trotzdem gab es keinen echten Schutz vor dem Wind. So sorgfältig Hedin sich auch einwickelte, keine zwei Minuten und er spürte ihn wieder als eisigen Hauch auf der Haut. Es hatte schon im Dezember gelegentlich scharfe Fröste gegeben, sogar einzelne Schneefälle. Doch diese Kälte war anders. Sie war hart und erbarmungslos – die schneidende, messerscharfe Kälte des zentralasiatischen Winters, die beinahe unmerklich die turkestanische Wüste erfasst hatte.

Hinzu kam der Sand, dieser mehlfeine Staub, den der Wind in jähen Stößen wie Nebel über die leeren Hänge trieb. Er schien direkt aus den Eisfeldern Sibiriens zu kommen. Schmerzend, wie gemahlenes Glas, drang er in die entzündeten Augen, setzte sich in der Kehle fest und ätzte die aufgeplatzten Lippen.

»Wenigstens werden wir, so Allah will, heute Nacht nicht frieren müssen«, sagte Islam Bai mit einem Blick auf die kahlen Baumstrünke, die sich beinahe schwarz gegen den hellen Sand abhoben.

»Danach sieht es in der Tat aus«, murmelte Hedin. »Für ein Feuer reichen diese Vorräte allemal.«

»Woran liegt es, dass dieser Wald abstarb?«

»Wassermangel. Aus Gründen, die man nach so vielen Jahrhunderten nicht mehr so ohne weiteres erkennen kann, ging der Grundwasserspiegel irgendwann zurück – weiter und weiter, bis die Bäume schließlich keine Lebensgrundlage mehr fanden. Sie vertrockneten. So etwas kommt immer wieder einmal vor.«

Sie hatten sich bis auf wenige hundert Meter dem abgestorbenen Wald genähert, dessen kahle Äste sich wie schwarzes Filigran gegen den farblosen Himmel abhoben. Ein schwermütiges Land voller Trauer und Kälte.

»Der Prophet ist mein Zeuge – kein Ort, an dem ich

wohnen möchte«, sagte der Turkmene nach einer Weile. »Eine Stätte, wie sie Allah für die Seelen der Ungläubigen bestimmt hat. Wie lange werden wir bleiben?«

Hedin zuckte die Schultern. »Ich bin kein Wissenschaftler, der sich mit solchen Fundstätten beschäftigt, obwohl ich mich dafür interessiere. Ich sehe meine Aufgabe vor allem darin, andere auf solche Orte aufmerksam zu machen – falls es sich nach meiner Meinung lohnt. Darum werden wir auch nicht sehr lange bleiben. Ich rechne mit zwei oder auch drei Tagen. Keinesfalls mehr.«

»Hoffen wir, dass sich die Anstrengungen lohnen.«

Sie erreichten die ersten Bäume. Graue Stämme mit glatten Rinden ragten aus dem mit weißem Flugsand bedeckten Boden. Hedin vermochte der Versuchung nicht zu widerstehen und griff nach einem der Äste. Das Holz war trocken, weich, porös, beinahe wie Asche. Kein Unkraut wuchs zwischen den Stämmen, kein Grashalm war zu sehen – eine Landschaft wie aus einem Alptraum – leer, still, tot. Als habe eine ungeheure Katastrophe alles Leben hinweggerafft und nur die spukhafte Kulisse zurückgelassen. Es gab auch keine Tiere, weder Schlangen noch Eidechsen. Selbst die Insekten fehlten.

Eine halbe Stunde später hielt Islam Bai in einer Mulde an und sie sattelten die Tiere ab. Während die Männer das Gepäck zu einem halbförmigen Wall stapelten, um etwas Schutz vor dem schneidenden Wind zu finden, kochte Kerim Dschan Tee.

Hedin fühlte sich unruhig, während er das glühend heiße Gebräu schlürfte. Noch immer deutete nichts auf die Nähe der Stadt. Konnte ein Ort, in dem einmal hunderte und wahrscheinlich sogar tausende von Menschen gelebt hatten, so vollständig untergehen, dass selbst in unmittelbarer Nähe nichts mehr an ihn erinnerte? Wenn sich das Ganze am Ende nur als orientalische Übertreibung erweisen sollte? Die Vorstellung hatte etwas Bestürzendes. Unter dem Brustbein konnte er sein Herz schneller schlagen spüren. Tatsächlich besaß er keinerlei Beweise für die Existenz der Stadt, fiel ihm ein. Nichts außer den Redereien der Turkmenen. Doch da waren die chinesischen Manuskripte, die er kannte und aus denen der Gouverneur zitiert hatte. Aber waren sie wirklich ein Beweis? Konnten sie sich nicht auch auf irgendeine andere Stadt beziehen, hunderte von Kilometern entfernt? So genau ließen sich diese Schriften nicht lokalisieren, wusste er.

Er stellte den Becher beiseite und sprang auf die Füße. »Ich werde mich einmal ein wenig umsehen.« Er war bestrebt nichts von der Sorge zu zeigen, die ihn plötzlich erfüllte.

»Wenn du willst, werde ich dich begleiten, Herr?«, sagte Islam Bai und blickte auf die beiden Jäger, die mit gesenkten Köpfen vor sich hin rauchten.

»Wo ist diese verdammte Stadt?«, fragte er.

Ahmed Mergen nahm einen tiefen Zug aus der Pfeife. »Genau am Ende des Waldes, Bruder. Genau dort.«

»Und wie weit ist das?«

»Nicht sehr weit«, versicherte der Alte ruhig.

Der Karawanenführer schien etwas sagen zu wollen. Eine Ader an seiner linken Schläfe begann zu klopfen, sah Hedin. Aber dann schwieg er doch.

Sie schritten zwischen den Bäumen hin. Die schwarzen und braunen Stämme sahen aus, als wären sie nach einer langen Hitzeperiode vertrocknet. Die meisten Äste waren von Windböen irgendwann abgerissen worden. Die Stümpfe ragten nun nackt und vereinsamt empor wie Pfahlwerk zur Ebbezeit. Nichts Grünes war dem Wald verblieben, wohin er auch blickte. Trockene Aststücke lagen überall umher, als habe sich jemand bemüht sie gleichmäßig zu verstreuen, und knackten unter ihren Stiefeln.

Islam Bai stieß immer wieder Zweige mit dem Fuß beiseite. Sie zerfielen mit einem dünnen, knirschenden Geräusch; es war, als stoße er mit dem Finger gegen die Aschenkuppe einer riesigen Zigarre. Allmählich wurden die Abstände zwischen den toten Bäumen größer, der Blick öffnete sich und Hedin sah, dass sie das Ende des Waldes erreichten. Vor ihnen fiel der Boden ab.

»Dort, oh Allah, oh Mohammed! Siehst du das!« Islam Bai deutete auf eine Lehmmauer, die mit dem oberen Drittel aus dem weißen Flugsand ragte. »Ein Haus! Das war einmal ein Haus . . . und hier ein zweites . . .«

Einst musste sich hier eine Straße befunden haben. Zu beiden Seiten waren die Reste von Mauern erkennbar. Einzelne Pfähle hoben sich senkrecht gegen den Winterhimmel ab. Bruchstücke von Lehmwänden lagen im Sand, wie sie ein Sturm irgendwann herabgerissen und ein anderer sie Generationen später wieder freigelegt hatte.

Sie schritten von Haus zu Haus, umgingen größere Trümmerhügel, kletterten über kleinere und fanden nur dort ein bequemes Vorwärtskommen, wo sich einst die Hofräume befunden hatten. Nach einer halben Stunde erreichte Hedin ein größeres Anwesen. Die Mauern waren dicker, die Wände sorgfältiger gearbeitet. Wahrscheinlich hatte es einem reichen Manne gehört. Er wühlte in dem Schutt und fand eine Matte. Er schaffte die Trümmer beiseite und zog sie hervor. Es handelte sich um die Reste eines Wollteppichs. Das Muster in Rot und Blau war noch deutlich zu erkennen. Das Gewebe hatte über die Jahrhunderte seine leuchtenden Farben behalten. Irgendwie erinnerte ihn das Fragment an die komplizierten Ornamente, wie er sie von türkischen und turkmenischen Nomadenteppichen kannte.

Er grub weiter, warf Mauerreste beiseite, wühlte sich tiefer in die Trümmer und stieß auf zerbrochenes Geschirr. Die Scherben von Töpfen und Kannen lagen neben einem großen Bronzekessel. Offensichtlich befand er sich hier in dem ehemaligen Küchenraum. Er schritt einige Meter weiter, denn es war unwahrscheinlich, dass er hier etwas von Bedeutung finden würde, und schaufelte mit den Händen den Sand neben einer halb mannshohen Mauer beiseite. Plötzlich schimmerte etwas Grünliches zwischen den Trümmern – eine Bronzefigur, dick mit Patina überzogen! Ein stehender Bodhisattwa im knöchellangen Gewand. Hedin reinigte die Statue behutsam von dem jahrhundertealten Schmutz, ohne die grünliche Patina zu beschädigen. Welch eine Entdeckung!

Der rechte Arm mit dem ausgestreckten Zeigefinger wies zur Erde, der andere, in Hüfthöhe eingeknickt, zeigte mit gespreizten Fingern ins Leere. Das Gewand, ein hauchdünnes Gewebe, war über die Schulter geworfen und ließ einen Teil der Brust frei.

»Etwas von Bedeutung, Ehrwürdiger?«, rief Islam Bai aus einer der Nachbarruinen und sein bärtiges Gesicht erschien in einer der leeren Fensteröffnungen.

»Sieh dir das an!« Hedin hob die Statue empor. »Ist sie nicht herrlich? Ein wirkliches Kunstwerk, von einem Meister gegossen . . .«

»Eine Götzenfigur!«, rief der Turkmene. »Oh Allah,

dachte ich es mir doch – eine heidnische Stadt, die der Allgewaltige um ihrer Sünden wegen vernichtete.«

»Machst du es dir immer so leicht?«, fragte Hedin. »Diese kleine Plastik wurde von einem Kenner geschaffen, einem Meister seines Faches, wie es heute kaum mehr einen gibt . . . Und ganz sicher war er auch ein frommer Mann.«

»Allah verbrenne die Seelen dieser Heiden!«, zischte der Turkmene. »Sie erhielten die gerechte Strafe für ihre Sünden. Mögen sie niemals in die Gärten des Paradieses gelangen!«

»Hast du dir schon einmal überlegt, was du da sagst?«, fragte Hedin. »Solche Reden haben schon unendlich viel Unheil über die Welt gebracht. Du solltest einmal darüber nachdenken.«

Er betrachtete den Kopf: das breite Gesicht, die halb geschlossenen Lider, dazu die Andeutung eines Lächelns – das war vollendete Kunst, wie sie nur einem Meister gelang. Er blickte auf das Antlitz. Es war still und fern. Wieder war Hedin von dem außerordentlichen Maß an geistiger Kraft beeindruckt, das die frühen Werke buddhistischer Kunst ausstrahlten. Ruhig, nicht unfreundlich – aber ohne Verheißung blickte der Erleuchtete aus leidenschaftslosen Augen ins Unendliche. Ein seltsamer Ausdruck, etwas, das sich einer Deutung eigentlich entzog, ging von ihm aus: eine Mischung aus Konzentration und Leere.

»Du solltest diese Götzenfigur zerstören, die nur zum Spott über die wahren Gläubigen geschaffen wurde.«

»Du irrst, Islam Bai. Du irrst schon wieder . . .«, sagte Hedin leise. »Diese Plastik ist alt, sehr, sehr alt . . . und von einem großen Meister geschaffen. Als man dieses Kunstwerk in Bronze goss, wussten die Menschen noch nichts vom Propheten Mohammed, der noch gar nicht geboren war; denn diese Figur ist sehr viel älter als der Islam.«

»Trotzdem, Herr! Es sind sündhafte Gedanken, die von solchen Werken ausgehen, Erhabener.«

Hedin schüttelte den Kopf. »Der Mann, der den Buddhismus begründete, ist um ein volles Jahrtausend älter als der Prophet Mohammed. Hörst du – volle tausend Jahre! Er hieß eigentlich Siddharta Gautama und war ein Prinz aus den Schneebergen des Himalaja. Er war ein Denker, ein Weiser, der die Menschen liebte, der ihnen helfen wollte das Leben zu ertragen, so wie es nun einmal ist – oft hart, grausam und sinnlos . . .«

»Du verehrst ihn – diesen Buddha?« Islam Bai war nachdenklich geworden. »Bist du vielleicht ein – ein heimlicher Anhänger seiner Lehre, Herr?«, fragte er zögernd.

»Nein. Ich bin kein Buddhist, kein Anhänger der gelben Lehre«, sagte Hedin. »Ich bewundere diesen Menschen, die Weisheit seiner Lehre. Er gehört neben den beiden Chinesen Konfuzius und Laotse zu den bedeutendsten Geistern Asiens, Denkern, die über mehr als zweitausend Jahre Asien prägten. – Aber lassen wir es jetzt dabei. Wenn du etwas findest, zerstöre es bitte nicht.«

Sie stöberten weiter in den Trümmern der niedergebrochenen Häuser und fanden immer wieder Gebrauchsartikel des täglichen Lebens, die sich in der trockenen Luft wunderbar konserviert hatten. Gegen Abend kehrten sie zur Karawane zurück, wo die Männer ein riesiges Feuer entzündet hatten.

Hedin aß eine Kleinigkeit, dann setzte er sich abseits und rauchte. Die Männer unterhielten sich. Die Funde hatten ihre Phantasie angeregt und sie tauschten ihre Hoffnungen über mögliche Entdeckungen aus, die sie von einer Stunde zur anderen zu reichen Leuten machen könnten. Hedin atmete die Nachtluft ein. Der Mondschein durchleuchtete den Dunst über der Lichtung und bedeckte den Boden mit zarten silbernen Netzen.

Kein Zweifel, er war hier auf eine Stadt gestoßen, eine große Stadt, die vor Jahrhunderten verlassen worden war. Die Bewohner waren Buddhisten gewesen, was auf ein hohes Alter schließen ließ, denn das Land war seit mehr als einem Jahrtausend mohammedanisch. Und jene Menschen hatten die Stadt ziemlich rasch verlassen müssen. Darauf deuteten zumindest die Funde. Hatte sie ein verlorener Krieg zur Aufgabe der Stadt gezwungen? Waren sie überstürzt geflohen? Wer waren die Bewohner gewesen? Turkmenen, Afghanen oder vielleicht Chinesen? Ein unbekanntes Volk vielleicht? Zentralasien steckte voller Geheimnisse und Überraschungen. Hatte er hier vielleicht die erste Spur einer fremden Kultur entdeckt?

Morgen würden sie die Erkundung fortsetzen. Die Chance, dass sie dabei etwas Entscheidendes finden würden, war nicht sehr groß, wusste er. Aber darauf kam es wohl auch nicht an. Wichtig war allein die Tatsache, dass seine Entdeckung bedeutend genug war, um eine spätere Expedition zu rechtfertigen. Das mussten dann Fachwissenschaftler machen – Archäologen, Historiker und Sprachwissenschaftler. Das war nicht seine Sache.

Aber ganz gleich, was sie dabei auch finden würden, diese Stadt würde mit seinem Namen verbunden sein. Gleichgültig, wie sie seine Reise in Europa auch einschätzten, ob man sie als wissenschaftliche Tat anerkannte oder nur als Abenteuer wertete; er würde das Unheil gelassen hinnehmen. Mochten die Schwätzer über ihn herfallen. Aber wer immer später noch einen Zipfel des alten Asien erhaschen wollte, würde an ihm nicht vorüberkönnen.

Gelegentlich konnte er das Lachen der Männer hören. Sie hockten mit hochgezogenen Knien beieinander und waren bester Stimmung. Sie wussten, dass die Reise für sie damit zu Ende war. Nur Islam Bai würde ihn auch weiterhin begleiten. Er lauschte den Stimmen der Turkmenen, ihren rauen Späßen und ein leises Bedauern überfiel ihn. Warum konnte er nicht wie sie sein – einfache Bedürfnisse, bescheidene Wünsche, kleine Freuden?

Am nächsten Morgen war er mit dem ersten Licht auf den Beinen. Ein schwerer Dunst, der sich nur allmählich lichtete, hüllte die begrabene Stadt ein. Es hatte während der Nacht sogar ein wenig geschneit, aber wahrscheinlich würde der Schnee gegen Mittag wieder schmelzen.

Hedin rieb sich die Hände, während er zwischen den Männern durch das Ruinenfeld schritt. Er fror trotz des schweren Fellmantels und der Pelzmütze. Er wusste, das Suchen durfte zunächst keine hohen Anforderungen stellen und sie mussten bald zu greifbaren Ergebnissen kommen. Der Erfolg war ein wichtiger Faktor. Noch war er nicht sicher, wo er die Männer ansetzen sollte; aber er glaubte sich auf sein Gefühl verlassen zu können.

Schwarz unter der dünnen Schneedecke hoben sich die Ruinen gegen die leere Wüste ab. Er stieß auf ein großes Gebäude im Zentrum der Stadt, an das sich mehrere kleinere Bauten anschlossen. Dicht dabei hoben sich die Reste einer ungewöhnlichen Anlage ab. Vielleicht ein Tempel. Da waren die Spuren einer Säulenhalle. Mit etwas Glück konnten sie einige Funde machen, die Aufschluss über das Alter und die Bedeutung der Stadt geben konnten.

Er deutete auf die Ruinen. »Hier, Brüder! Ich schlage vor, wir beginnen hier.« Er lächelte in die dunklen, vor Kälte spitzen Gesichter unter den schweren Pelzhauben. »Es handelt sich möglicherweise um einen buddhistischen Tempel. Dort wird sich am ehesten etwas finden. Diejenigen, die einen brauchbaren Fund machen, können mit einem Geschenk rechnen. Und nun an die Arbeit!«

Hedin beobachtete, wie sie sich mürrisch mit den Schaufeln an dem Schutt zu schaffen machten. Ohne die Hoffnung auf ein Geschenk würde keiner von ihnen ernstlich arbeiten, wusste er. Als er sich abwandte, winkte er Islam Bai und sie unternahmen einen Rundgang. Kein Zweifel, die Stadt musste einst von erheblicher Bedeutung gewesen sein. Sie fanden eine Ruine, die stark an die Amtsgebäude der Chinesen erinnerte: einen Hauptbau mit zwei Flügelhäusern, dazwischen lag ein quadratischer Hofplatz, der im Südosten einen Plankenzaun besessen haben musste. Selbst der Torpfosten war noch zu erkennen.

Sie folgten der ehemaligen Hauptstraße, die zu beiden Seiten mit Pappeln bepflanzt gewesen war. Mehrere schnurgerade Mulden führten auf die Stadt zu, jetzt zu drei Vierteln mit Flugsand gefüllt.

»Oh Allah, was ist das? Verstehst du das, Herr?«, fragte Islam Bai verblüfft.

Hedin war stehen geblieben. »Ich glaube schon. Das

waren einmal Flüsse, die ihr Wasser in die Stadt brachten.«

»Flüsse? So gerade, Herr?«

»Von Menschen angelegte Flüsse. Menschen gruben ihnen das Bett. Es sind Kanäle. Es gibt sie eigentlich in allen Ländern und sie sind immer ein Ausdruck hoher Kultur. Auch hier.«

»Aber dann muss es sich um eine große Stadt gehandelt haben?«

Hedin nickte. »Das nehme ich an.«

»Wird man feststellen können, wie sie einst hieß?«

»Gewiss, wenn auch nicht wir. Das werden andere besorgen müssen, die mehr Zeit haben und die für solche Forschungen ausgerüstet sind.«

»Und wie kann man so etwas erfahren?«, fragte Islam Bai, der Gefallen an der Archäologie zu bekommen schien.

Hedin zuckte die Schultern. »Das ist ganz verschieden. In vielen Fällen helfen uns die alten Schriftsteller, die vor Jahrhunderten oder Jahrtausenden über das Land schrieben, das sie bereisten – Gelehrte, Missionare, Diplomaten, die im Auftrage ihrer Regierungen durch dieses Gebiet kamen. Oft geben uns auch Funde einen Hinweis – Inschriften, Denkmäler, Chroniken.«

»Und wenn man nichts Derartiges findet, Erhabener?«

»Dann wird es schwierig. Dann muss man alles Geschriebene zwischen den Trümmern sammeln in der Hoffnung, dass man daraus einen brauchbaren Schluss ziehen kann. Gelegentlich helfen auch schon einmal alte Münzen, die man im Schutt findet. Zumindest zeigen sie die Zeit an, in der die Stadt bewohnt war. Und das ist schon sehr wichtig.«

»Dann werden wir also auch alte Münzen suchen und Handschriften?«

»Gewiss«, sagte Hedin. »Der, der mir als Erster eine Münze oder etwas Geschriebenes bringt, erhält eine Belohnung von mir. Das kannst du den Leuten sagen.«

Sie kehrten um, kletterten durch versandete Kanäle und überquerten breite Alleen, die auf beiden Seiten mit Bäumen bepflanzt gewesen waren, wie Hedin an den zersplitterten Stümpfen sah. Plötzlich blieb der Karawanenführer stehen und deutete nach Südosten.

»Was ist das, Herr? Eine Ruine mitten in der Wüste.«

Hedin setzte das Fernglas an. »Ein Pao-tai – ein Wachtturm –, allerdings mehr Signalstation als ein von Truppen besetzter Grenzturm. Sie wurden einst rings um das alte Reich der Mitte erbaut, meist aus Lehmziegeln. Von ihnen herab gaben die Grenzposten ihre Beobachtungen weiter – tagsüber durch Rauchzeichen, nachts durch Feuersignale. Solche Türme erreichten Höhen von zwölf Metern und sie beweisen, dass mit Sicherheit Chinesen am Werk waren.«

»Dann hätten wir also hier die Grenze zum alten Reich der Mitte erreicht?«

»Ganz sicher. Vor achthundert oder tausend Jahren verlief hier einmal die Grenze.«

Als sie zum Ausgangsort zurückkehrten, tauchte Kerims Gesicht zwischen den Trümmern auf. Er keuchte und schnaufte.

»Allah ist groß! Eine bemalte Wand, Herr! Der Prophet ist mein Zeuge, kein Rechtgläubiger sah je zuvor in dieser Wüste eine solche Mauer. Ein Teufelsspuk!«

Hedin spürte sein Herz plötzlich rascher schlagen. Sollten die Männer tatsächlich etwas von Wert gefunden haben? Er konnte hören, wie sie einander ihre Beobachtungen zuriefen und miteinander stritten.

Islam Bai schob sie auseinander. »Macht Platz, Brüder!

Zurück! Alles zurück! Und wer ein Papier findet, das beschrieben ist, erhält eine besondere Belohnung. Denkt daran. Es kann auch Holz sein, das mit Schriftzeichen bedeckt ist. Ein Bakschisch für den, der es bringt.«

Hedin sah sich um. »Nun gut, ihr Männer. Wir wollen sehen, was es gibt. Vielleicht ist uns Allah diesmal gnädig.«

Er kletterte in den Graben hinab. Wohin er auch trat, knackten zerbrechende Ziegel unter seinen Schuhen. Holz lag zwischen Lehmbrocken. Er verhielt einen Augenblick, um sich an das Halbdunkel zu gewöhnen. Plötzlich entdeckte er die bemalte Innenwand. Das Fresko war alt, so viel sah er auf den ersten Blick. Es war sogar sehr alt und es war von einem wirklichen Könner gemalt. Das verrieten schon die blassen Farben, die zarten Konturen, vor allem auch die sparsame Pinselführung.

Er sah einen schmalen Fries von Köpfen: Mönche, die alle in eine Richtung blickten. Kein Gesicht glich dem anderen. Da waren junge Männer, halbe Kinder mit weichen, unausgeprägten Zügen, fast mädchenhaft noch. Dazwischen blickten andere, Männer mit harten, kantigen Gesichtern, die aussahen, als hätten sie niemals in ihrem Leben gelacht, und Greise, von Askese und Nachtwachen gezeichnet. Das kalte Winterlicht verlieh den Köpfen das eindrucksvolle Aussehen von Porträts. Und wahrscheinlich waren sie das auch. Ganz sicher hatten die Mönche des kleinen Klosters dem Künstler Modell gestanden.

Eine lange, lautlose Pause war entstanden. Hedin kniete reglos am Boden und blickte auf die Malerei. Großartig! Noch fühlte er sich zu erregt und noch waren die Eindrücke zu frisch, um die Entdeckung in ihrer ganzen Tragweite abschätzen zu können. Aber ganz gleich, was sie in den nächsten Stunden noch finden würden, dieses Fresko lohnte den Marsch durch die Wüste. Mit ihm hatten sich die Anstrengungen bezahlt gemacht.

Erneut beugte er sich über die Malerei, um die Einzelheiten zu studieren, die wunderbar feinen Gewandfarben, die Hände und vor allem die Gesichter. Bei aller Individualität dieser hohe Grad an Stilisierung! Ebenso der Rhythmus der Figuren, die Komposition, ihr Auf und Ab. Das war nicht der tastende Versuch irgendeines frommen Tünchers, sondern die Arbeit eines begnadeten Künstlers – vollendet bis in die letzten Einzelheiten.

Schade, dass sie nicht bleiben konnten! Schade, dass er die Grabungsarbeiten anderen überlassen musste! Morgen würde er aufbrechen, nahm er sich vor. Morgen würden sie ihren Ritt wieder aufnehmen. Als er sich aufrichtete, merkte er plötzlich, dass alle ihn anstarrten. Etwas von seiner Ergriffenheit war auf die Männer übergesprungen. Aber noch war es ihm unmöglich, zu sprechen, war er zu tief erschüttert.

»Ich danke euch, Brüder«, murmelte er schließlich und war erstaunt, wie schwer ihm die Worte über die Lippen kamen. »Ich danke euch sehr . . . Allah war uns diesmal gnädig, Brüder.«

»Niemand findet Erfüllung, es sei denn, Gott habe es bestimmt«, sagte Islam Bai. »Sind es solche Funde, die du begehrst, Erhabener?«

»Ja«, sagte Hedin. »Ich dachte an solche Funde – an Bildwerke, an beschriebenes Papier und an Münzen.«

Die Männer wandten sich ab. In ihre Begeisterung mischte sich die Hoffnung auf Geschenke und sie arbeiteten mit ungewohntem Eifer. Als Hedin allein war, kniete er erneut nieder. Welch eine Kostbarkeit hatte hier tausend Jahre oder länger im Schutt gelegen – dieses blasse Malachitgrün, das Blau und Rot. Versunken strich er mit den Fingerspitzen über die Malerei und es war, als würden die Farben unter dem Staub plötzlich aufblühen. Nach noch all den Jahrhunderten verliehen sie diesem kalten, düsteren Schuttplatz einen Anflug von Pracht und Reichtum. Welches Kleinod musste dieser Tempel einst gewesen sein!

Die Männer arbeiteten den ganzen Tag und brachten immer neue Funde aus den Trümmern. Da waren Holzschnitzereien, Lotosblumen mit Resten von Farbe. Das Holz war spröde und porös und bröckelte unter den Fingern wie frisches Brot, mehrere Schalen, zierliche, bemalte Kummen aus Porzellan, die einmal Opfergaben für Buddha selbst enthalten hatten, Reste von Teppichen und Schuhzeug, ein zerrissener Rosenkranz, wie ihn die buddhistischen Mönche beim Gebet gebrauchten, dazu Weizenkörner, Reis, eine Peitsche und mehrere Pinsel. Schließlich trugen sie einen siebzig Zentimeter hohen, völlig unversehrten Tonkrug herbei, der einmal Wasser oder Öl enthalten hatte. Hedin roch an der schmalen Öffnung; aber natürlich hatten sich keine Geruchsspuren erhalten.

Am Nachmittag sah er, wie Ahmed Mergen eine schmale, mit dunklen Flecken bedeckte Holzleiste achtlos beiseite warf. Was war das? Handelte es sich hier um Schmutzreste oder steckte mehr dahinter. Irgendetwas machte ihn aufmerksam. Schon war die Leiste halb unter dem Sand begraben, als er sie hervorzog. Kein Zweifel, hier handelte es sich um eine Schrifttafel. Jeder Buchstabe war scharf und deutlich mit Tusche aufgetragen. Er betrachtete die Zeichen. Das war weder arabisch noch mongolisch, auch nicht indisch. Vielleicht tibetisch? Er schüttelte den Kopf. Dann schon eher chinesisch, ein sehr altes Chinesisch. Er war kein Sprachwissenschaftler. Die Entscheidung über die Bedeutung der Tafel mussten andere fällen, und das konnte nur in Europa geschehen, wusste er.

»Möchtest du weitere Hölzer dieser Art, Herr?«, fragte Ahmed und rieb sich die Hände. »Beschriebene Hölzer?«

»Ja, solche möchte ich.« Hedin lächelte plötzlich. »Einverstanden. Du erhältst die Belohnung und für jedes weitere Holz etwas dazu.«

Auch in den nächsten Stunden gruben die Männer hölzerne Schrifttafeln aus, insgesamt zweiundvierzig, von denen, wie er hoffte, sicher einige datiert waren, dazu Kupfermünzen. Alle besaßen das viereckige Loch in der Mitte, durch das man eine Schnur zog, um sie dann wie eine Schmuckkette um den Hals zu hängen. Das war vor zweitausend Jahren nicht anders gewesen als heute. Er reinigte einige Münzen, die dick mit Grünspan überzogen waren. Es handelte sich um Wu-tschu-Stücke, sah er, Prägungen aus der Zeit zwischen hundert vor und fünfhundert nach Christi, sowie andere aus der Regierungszeit Kaiser Wang-Mangs, der in den Jahren von 9 bis 23 n. Chr. regiert hatte.

Zwei Stunden vor Einbruch der Dunkelheit brachte Islam Bai ein bronzenes Schmuckstück, das eine geradezu europäisch anmutende Gottheit zeigte. Hedin rieb die Vorderseite der Plakette, die in der Nähe des Außenrandes ein Loch besaß, also offensichtlich als Amulett oder Medaille auf der Brust getragen worden war.

»Was ist das, Herr?«

»Eine Gottheit«, sagte Hedin, »die Schutz gewähren oder Glück bringen sollte, nehme ich an.«

»Ist – ist das Stück wertvoll?«

»Das ist kein Gold, falls du das erhoffst. Sie ist auch sonst nicht eigentlich wertvoll. Sie ist – interessant, aber wohl nur für Gelehrte, denn sie hat einen weiten Weg zurückgelegt . . .« War es möglich, dass es sich um eine griechische Arbeit handelte? Diese winzigen Gebilde – sollten das Flügel sein? Sollte es sich hier um den Gott der Kaufleute und Wanderer handeln? Etwa Hermes? Hatte ihn ein Kaufmann aus Griechenland besessen? Stammt die Bronze möglicherweise aus Baktrien? Fragen über Fragen, die andere entscheiden mussten. Hedin ertappte sich dabei, wie er mit dem Daumen über die reliefierte Figur strich. Wie viele Jahrhunderte hatte sie in diesem Schutt gelegen. Zwölfhundert oder fünfzehnhundert Jahre? Stumm stand er in den Haustrümmern und blickte auf die Medaille. Hinter ihm kauerten die Turkmenen, flüsterten miteinander und beobachteten jede seiner Gesten. Einige Lehmbrocken rutschten in den Schacht. Instinktiv zuckte er zusammen, als sie aufschlugen, aber er wandte den Kopf nicht von der Gottheit. Wie war sie nach Zentralasien gekommen? War sie einem griechischen Kaufmann gestohlen worden und hatte der Dieb sie in China verkaufen wollen? Oder hatte sie einem Offizier aus dem Heer Alexander des Großen gehört? Hin und wieder wurden noch Münzen in Afghanistan gefunden, wusste er. Welch ein Werk! Und welch ein Schicksal hing daran!

»Allah il Allah! Es gibt keinen Gott außer Allah und Mohammed ist sein Prophet«, murmelte Islam Bai. »Was ist mit dem Zauberamulett, dass du es so lange betrachtest, Herr? Ist es nicht das Werk ungläubiger Götzendiener, die der Prophet verflucht hat – Friede sei ihm!?«

Hedin schüttelte den Kopf. »Dieses Amulett stammt

von dem Künstler eines Volkes, das den Propheten Mohammed nicht kannte, weil der Prophet sehr viel später lebte. Es interessiert mich vor allem deshalb, weil es sehr, sehr alt ist und aus einem Lande kommt, das sehr, sehr weit von dieser Wüste entfernt ist.«

Islam Bai war nicht überzeugt, aber er schwieg und es blieb eine Weile still zwischen ihnen.

»Gibt es noch etwas?«, fragte Hedin schließlich.

Der Karawanenführer zögerte. »Da ist in der Tat noch eine Kleinigkeit, Ehrwürdiger. Ich weiß nicht, ob das dich vielleicht interessiert –«

Auf seiner schwieligen Hand lag ein Fetzen zerknittertes Papiers, deutlich mit chinesischen Schriftzeichen bedeckt.

»Aber ja! Das ist mehr, als ich zu hoffen gewagt hätte. Wo hast du das gefunden?«

»Dort drüben in dem kleinen, aus Lehmziegeln erbauten Haus.« Islam zeigte auf ein winziges Ruinengrundstück.

»Dort hätte ich es am wenigsten vermutet«, sagte Hedin überrascht. »Gibt es noch mehr Papier dort?«

»Allah allein ist allwissend –«

»Niemand verdächtigt dich der Allwissenheit, Islam Bai. Was ich wissen möchte, ist, ob ihr nachgeforscht habt.«

»Nicht gründlich, Erhabener. Aber Ahmed Mergen meint, es sei nicht ausgeschlossen, dass dort noch weitere sprechende Papiere wären.«

»Schön. Dann bitte ihn, dass er sich jetzt davon überzeugt.«

»Du meinst, heute?«

Hedin zwang sich zur Ruhe. »Jetzt«, sagte er ruhig. »Jetzt. Damit meine ich, augenblicklich.«

»Ich verstehe –«

»Dann tue etwas, bitte, denn heute ist unser letzter Tag in der versunkenen Stadt. Morgen früh ist keine Zeit mehr dazu. Es fehlt uns an Wasser. Wir müssen zurück. Das weißt du besser als ich.«

Hedin hatte plötzlich Mühe, nicht aufzuspringen und zu schreien. Aber er war immerhin lange genug in Zentralasien, um zu wissen, dass ein solches Verhalten nur das Gegenteil bewirkt haben würde.

Eine Viertelstunde später folgte er dem Karawanenführer zu dem kleinen Haus, wo Ahmed Mergen zwei Fuß tief unter der Oberfläche offensichtlich eine alte Abfallgrube ausräumte. Rissige Schafsknochen, die Rückenwirbel von Fischen, dazu Strohreste, uralte brüchige Lumpen, Stoffreste, Matten- und Teppichabfälle förderte er in kurzen Abständen zu Tage und schließlich mehrere hundert Papierstücke und noch einmal rund vierzig schmale Holzstreifen, chinesische Schrifttafeln, die an Schullineale erinnerten.

Hedin betrachtete die Papierfetzen, die von ihren Besitzern zerrissen worden waren, ehe man sie auf den Kehrichthaufen geworfen hatte. Großartig! Die Turkmenen hatten ungewöhnlich rasch und sorgfältig gearbeitet. Darüber konnte es keinen Zweifel mehr geben. Die Funde waren ein Triumph für die Expedition. Sie rechtfertigten alle Mühen und Ausgaben. Wahrscheinlich hatte er jetzt den Schlüssel zu allen Fragen in den Händen. Was immer auch im Einzelnen auf den Papieren und Schrifttafeln stand, sie würden wichtige Auskünfte über jenes Volk geben, das einst hier wohnte, über seine Lebensverhältnisse, die politischen Abhängigkeiten, die Hoffnungen, Sorgen und Nöte.

»Ich danke euch«, hörte er sich plötzlich sagen. »Ihr

habt gute Arbeit geleistet, und wenn wir morgen früh aufbrechen, haben wir erreicht, was in unserer Lage möglich war ... Mit diesen Funden werden sich die Gelehrten noch viele Jahre beschäftigen, nehme ich an ...«

Für eine halbe Minute sagte niemand etwas.

Aber dann sprangen sie in freudigem Stolz plötzlich auf die Beine. Begeistert umarmten sie einander, lachten und beklopften sich gegenseitig den Rücken. »Allah und Mohammed! Preis sei Gott, dem Weltenherrn!« Ihre Stimmen waren heiser vor Eindringlichkeit und bebten vor Freude.

»Machen wir Schluss!«, sagte Hedin schließlich. »Wir wollen das Glück nicht herausfordern.« Er lächelte und winkte. »Einen Hammel zur Feier dieser Stunde, Brüder! Ich stifte einen Hammel.«

Während die Männer die Vorbereitungen für das Festmahl trafen, grub er zusammen mit Islam Bai das Fresko wieder in den Schutt ein. Welch eine Arbeit! Er ertappte sich dabei, wie er immer wieder auf den Fries starrte, der Zentimeter um Zentimeter hinter dem weißlichen Staubpolster verschwand. Ein Hauch von Schwermut und Stille lag um die Gesichter, während die Farben ihre Strahlkraft verloren, blass und vage wurden, ehe sie endgültig hinter den kalkigen Schwaden verschwanden. Er würde sie nicht wiedersehen, wusste er. Vielleicht würde sie sogar niemals wieder ans Licht zurückkehren. Es war grausam, ja barbarisch. Aber was konnte er tun? Er konnte die Malerei nicht auf eine monatelange Karawanenreise mitnehmen. Er wollte sich nichts vormachen. Die Chancen, dass sich das Fresko noch einmal eine Generation in dem gelockerten Boden halten würde, waren gering; sie waren aber noch geringer, wenn er jetzt anfing es abzulösen und mitzuschleppen.

Er würde einen genauen Lageplan anfertigen, der es einer anderen Expedition mit besseren Hilfsmitteln erlauben würde, die Malerei zu finden, nahm er sich vor. Mehr konnte er im Augenblick nicht machen.

Er wandte sich schließlich ab und kehrte zu dem Zelt zurück, wo die Männer bereits um das Feuer hockten und von dem tropfenden Hammel das Fett auffingen, um es wieder über das Fleisch zu gießen. Ob sie begriffen, was ihm diese Funde wirklich bedeuteten? Er bezweifelte es. Er hatte mit dieser Reise erreicht, was einem Manne überhaupt möglich war – und vielleicht sogar mehr als das. Das Urteil darüber würden andere fällen. Die langen, endlosen Stunden im Sattel, die Tage und Wochen voller Zweifel, Angst und Ungewissheit schrumpften plötzlich in der Erinnerung zusammen und hatten bereits etwas Unwirkliches, beinahe Alptraumhaftes. Nun da ihm der erste Einbruch gelungen war, da er eine feste Spur besaß, war ihm auch der weitere Weg vorgezeichnet. Er musste seine Entdeckung auswerten und einen Wissenschaftler zu gewinnen suchen, der das Wagnis einer Expedition durch Turkestan auf sich nehmen würde. Noch wusste er nicht, wer sich für eine solche Forschungsreise eignen würde, aber er glaubte sich hier auf seinen Instinkt verlassen zu können. Wie immer, wenn eine neue Idee in ihm aufgetaucht war, klammerte er sich sofort daran. Es war eine großartige Vorstellung und das Ungewöhnliche und Kühne daran verlockte Hedin sehr. Indessen ließ er sich nicht fortreißen, sondern sein Verstand wurde sachlich und schätzte die Möglichkeiten ab.

Aber dann schob er alle Erwägungen beiseite. Es eilte nicht. Was waren schon fünf oder auch zehn Jahre bei einem solchen Vorhaben! Er blickte in die Nacht, an den

Männern vorbei, die lachend und schwatzend um den Hammel hockten. Die Kälte hatte wieder zugenommen. Die eisige Luft traf ihn wie ein Messer. Doch er wollte noch nicht schlafen. Eine solche Nacht kehrte so rasch nicht wieder.

Ein Lichtschimmer schien die Trümmerhügel zu umgeben. Düster und geheimnisvoll, fremd und namenlos hoben sie sich gegen den Himmel ab. Ob es sich tatsächlich um den Zipfel einer neuen, unbekannten Kultur handelte? Wer wollte das wissen, solange nicht die Schrifttafeln entziffert waren. Erst dann würden jene Trümmer wirklich zu reden beginnen, die tausend oder auch zweitausend Jahre hindurch unter dem Wüstensand gelegen hatten. Die Vorstellung weckte neue Gedanken und Bilder in ihm.

Wie hatte sich das Land seitdem verändert. Reichtum und Schönheit eines Kulturvolkes waren der sonnenverbrannten Ödnis der Wüste gewichen. Wo einst lange Reihen von Bäumen ihre Schatten über Straßen und Kanäle geworfen hatten, trieb nun der Wind den Sandstaub ins Leere. Doch der erste Schritt war gemacht, und wer immer später jene zentralasiatischen Kulturen wieder ans Licht hob, konnte an ihm nicht vorübergehen.

Hedin starrte über die Wüste mit ihren dunklen Aufwürfen und Trümmern, blickte zu den leuchtenden Sternbildern des asiatischen Himmels empor und vernahm das dünne Pfeifen des Nachtwindes, der geheimnisvoll durch die Trümmer strich.

Sein Blick fiel auf die Bronzefigur des stehenden Bodhisattwa. Das Gesicht war fern und rein. Im Lichte des Feuers schimmerte das Metall in einem warmen Braun mit einer lichten, beinahe lindgrünen Patina. Die Augen –

Augen mit gesenkten Lidern, schienen in eine andere Welt zu sehen. Sie sahen ihn an und gingen durch ihn hindurch, als existierte er nicht. Er konnte das Gesicht berühren. Die Bronze war glatt und kalt wie die Haut eines Toten, was die Illusion noch vollkommener machte. Scheu und Erregung erfüllten ihn in gleichem Maße. Still, verzeihend, aber ohne Verheißung blickte der Buddha vor sich hin.

In seiner Einsamkeit überspannten sich Hedins Sinne. Er hatte gesiegt und war im Innersten davon getroffen. Ein Strom halb gedachter Gedanken drängte sich ihm durch den Kopf und wieder empfand er die vertraute und unerklärliche Spannung, in die ihn Asien stets versetzte. Er würde diesen riesenhaften, so widersprüchlichen, geheimnisvollen Kontinent erforschen, schwor er sich.

Was immer auch der Preis sein sollte.

Nachwort

Er ist der »große alte Mann« der Asienforschung – der Letzte neben Wilhelm Filchner in der langen glanzvollen Reihe bedeutender Persönlichkeiten –, die im ersten Viertel des 20. Jahrhunderts ihr Ende fand. Mit Sven Hedin schloss die Epoche jener Landreisenden, die noch ohne große Hilfsmittel, ohne wissenschaftlichen Mitarbeiterstab, allein durch ihren Mut, ihre Zähigkeit, ihr Verhandlungsgeschick, ihre Sprachbegabung – vor allem aber durch ihre Persönlichkeit in wenig mehr als hundertfünfzig Jahren die uralten Geheimnisse Zentralasiens entschleierten. Gleichzeitig jedoch war er beweglich genug den Schritt zum Teamwork selbst zu vollziehen.

Die Pelzmütze lässig auf den Kopf gedrückt, mit Zwicker und gestutztem Schnurrbart, über dem Fellmantel den lose geschlungenen Schal – so kannten ihn Millionen Leser überall in der Welt.

Sven Hedin war kein Abenteurer, kein Held im landläufigen Sinn, der blind seinem Glück vertraute und von einer gefährlichen Begegnung in die nächste stolperte. Ganz sicher war die Liebe zum Abenteuer eines seiner stärksten und frühesten Motive, in dem besonderen Sinne freilich, dass er über die wagemutige Tat stets den Geist und das wissenschaftliche Ziel setzte.

So war er vor allem ein geistiger Mensch, allzeit hilfsbereit, konziliant, vielsprachig – ein Wissenschaftler, der es gelernt hatte, mit Menschen umzugehen und mit besonderen Risiken zu leben. Was mich immer besonders an ihm beeindruckte: die humorvolle Toleranz, seine gelassene Selbstsicherheit. Höflich und selbstbewusst, zäh, ungeheuer erfahren und zurückhaltend zugleich, so verhandelte er mit tibetischen Pilgern, mit putschenden chinesischen Generälen, mit Indern, Afghanen, Turkmenen, mit buddhistischen Würdenträgern und russischen Offizieren, mit mongolischen Nomadenfürsten, ja sogar mit dem Taschi-Lama und dem britischen Vizekönig.

Sven Hedin wurde am 19. Februar 1865 als Sohn eines Architekten in Stockholm geboren. Er studierte nach seiner Reifeprüfung in Stockholm Geografie und Geologie, später in Berlin bei F. v. Richthofen, dem bedeutenden Chinaforscher.

Seine Sehnsucht nach Ferne und Fremde fand eine erste Erfüllung, als er in Baku am Kaspischen Meer die Stelle eines Hauslehrers antrat. Schon in jenen Jahren begann er Persisch, Tartarisch und Russisch zu lernen. Mit den verdienten 300 Rubeln Gehalt machte er eine Reise zu Pferd durch Persien und Mesopotamien. Nach seiner Rückkehr nach Schweden setzte er sein Studium fort und promovierte bei Alfred Kirchhoff in Halle.

In vier großen Expeditionen bereiste er Zentralasien, Persien, Tibet, Nordindien, Nepal, Teile der heutigen Sowjetunion und China. Dabei entdeckte er den Transhimalaja, den er achtmal überquerte, und erforschte die Quellgebiete des Brahmaputra, Satledsch und Indus.

Sven Hedin starb am 26. November 1952 in Stockholm.

Das Buch »Die Straße der wilden Abenteuer« erzählt von seiner ersten großen Forschungsreise nach Zentralasien, die er 1893 begann und in deren Verlauf er von Kaschgar aus die Tien-Schan-Berge überquerte, die Wüste Takla-Makan durchschritt, das Lob-nor-Gebiet erforschte und einen Vorstoß nach Lhasa unternahm, der allerdings scheiterte. Dann bereiste er Nordtibet, erreichte den Kukunorsee und beendete die Expedition schließlich im März 1897 in Peking.

Anfang 1896 erreichte er dabei Merket, eine Kleinstadt am rechten Ufer des Jarkent-Darja (Darja = Fluss). Sein Ziel war es, die gefürchtete »Straße der wilden Abenteuer«, eine der ältesten Routen der uralten Seidenstraße, zu suchen und auf ihr zu den geheimnisvollen, seit Jahrhunderten aufgegebenen Wüstenstädten zu gelangen – letzten Zeugen einer längst vergessenen Kultur unbekannter Herkunft.

Das Buch erzählt von den Gefahren, Schwierigkeiten und Ergebnissen jener Etappe durch die Takla-Makan-Wüste. Obwohl es sich der Mittel der Erzählung bedient, enthält es keine frei erfundenen Passagen, wie ein misstrauischer Leser bei der Fülle der lebensgefährlichen Abenteuer vielleicht vermuten könnte. Im Gegenteil, darf ich feststellen, sämtliche Kapitel entsprechen den Forderungen strenger Zuverlässigkeit und die Handlung folgt bis in die Details hinein Hedins sorgfältigen Aufzeichnungen. Die Fakten bedurften nicht einmal der Dramatisierung. Daneben half mir ein mehrmonatiger Aufenthalt in den Wüsten- und Steppengebieten sowie eine Reise durch China.

Neben der Darstellung des Expeditionsalltags kam es mir vor allem darauf an, im Leser ein Interesse für jene Menschen zu wecken, die sich weniger als Kulisse für exotische Abenteuer denn als Erben eines uralten Kulturlandes darstellen.

Was die wissenschaftliche Ausbeute angeht, so ist hier festzustellen, dass Sven Hedin auf mehrere Ruinenfelder in diesem Teil Zentralasiens stieß, Städte, die einander bis in die Einzelheiten glichen und nur wenige Tagereisen auseinander liegen. Ich habe darum, um Weitschweifigkeiten und Wiederholungen zu vermeiden, die Ergebnisse zusammengefasst, was mir vertretbar erscheint, da die Funde alle zum selben Kulturkreis gehören und aus derselben Zeit stammen.

Hedin legte die chinesisch beschriebenen Papierstücke und hölzernen Schrifttafeln einer Reihe von Wissenschaftlern vor, darunter auch dem Wiesbadener Sinologen Karl Himly. Himly widmete den Funden viel Zeit und konnte die Orte Tun-Huang und Su-tschou identifizieren. Als Daten erkannte er die Jahre 264 bis 270 n. Chr. Der Inhalt ist sehr verschiedenartig, erkannte Himly. »Es ist darin von Getreidelieferungen, von Nachrichten aus Tun-Huang, Verkehr mit Turfan und u. a. von gerichtlichen Verhandlungen die Rede«, stellt er fest. »Die Stäbe dienten augenscheinlich bald als Tagebücher, bald zu Mitteilungen oder Weisungen an Untergebene . . . Unter den anderen Gegenständen ist namentlich ein kleiner, geschnittener Stein bemerkenswert. Hier nun handelt es sich um einen Hermes, der als Gott der Wanderer seinen Weg durch Baktrien nach dem Inneren von Asien gemacht hat.«

Für Hedin, der weder Historiker noch Sprachwissenschaftler war, besaßen diese Funde keine zentrale Bedeutung. Immerhin war er es, der die wissenschaftliche Fachwelt auf das uralte Kulturland Turkestan aufmerksam machte.

Das führte zu einer ganzen Reihe von Expeditionen, an denen sich deutsche, englische und französische Wissenschaftler beteiligten. Was sie in langer, mühseliger und auch gefährlicher Arbeit zu Tage förderten, weckt noch heute unser Staunen und unser Entzücken – Funde von außerordentlichem Reiz: Porzellane, Fayencen und Bronzen, Seidenmalereien und sensible Statuetten aus Elfenbein. Sie öffneten uns eine neue, bis dahin ungeahnte Welt.

Karl Rolf Seufert

Östliches oder Chinesi

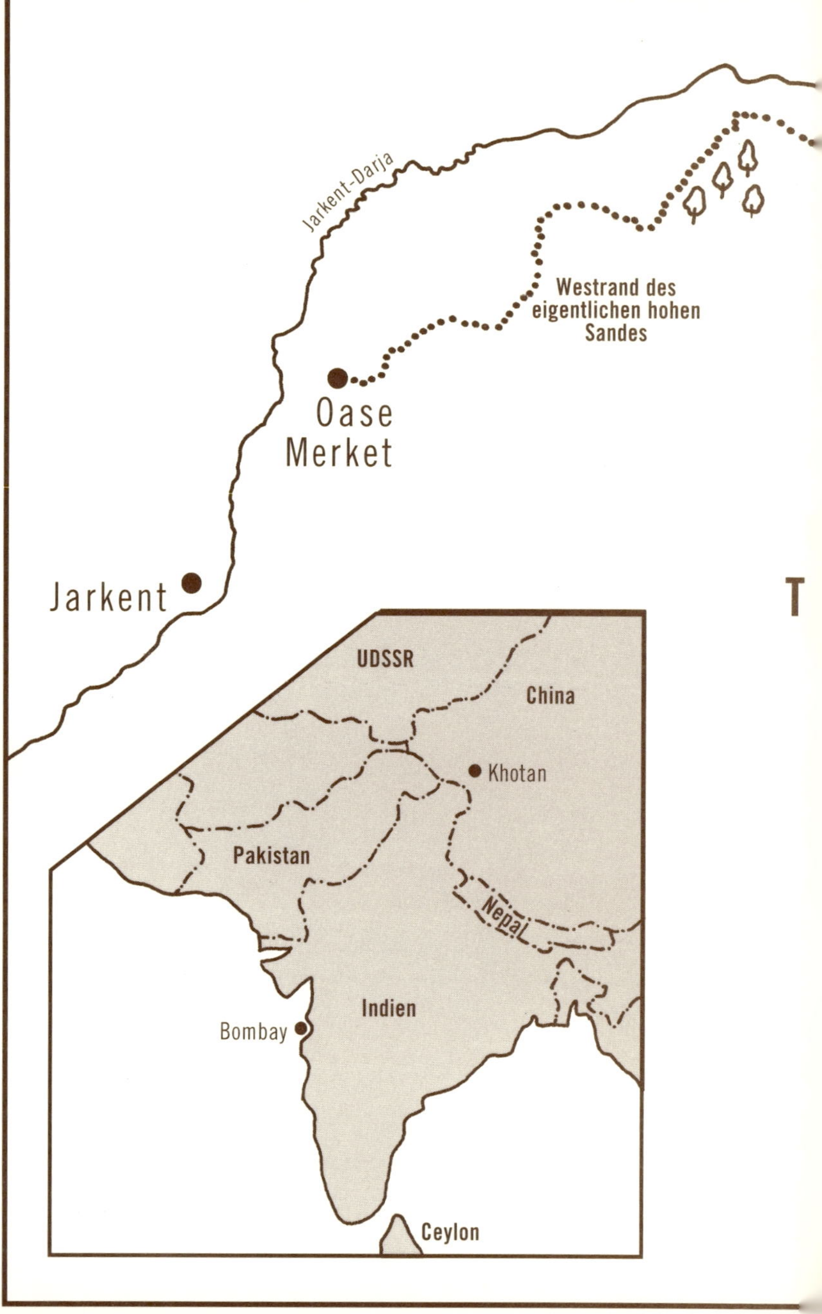